最美文

陈晓辉　一路开花 / 选编

若是懂得　无言也暖

图书在版编目（CIP）数据

若是懂得　无言也暖/陈晓辉，一路开花选编．
—北京：中央编译出版社，2017.1
ISBN 978-7-5117-3167-8

Ⅰ.①若… Ⅱ.①陈…②一… Ⅲ.①随笔-作品集-中国-当代 Ⅳ.①I267.1

中国版本图书馆CIP数据核字（2016）第260088号

若是懂得　无言也暖

出 版 人	葛海彦
出版统筹	贾宇琰
责任编辑	邓永标　舒　心
责任印制	尹　珺
出版发行	中央编译出版社
地　　址	北京市西城区车公庄大街乙5号鸿儒大厦B座（100044）
电　　话	（010）52612345（总编室）　　（010）52612371（编辑室） （010）52612316（发行部）　　（010）52612317（网络销售） （010）52612346（馆配部）　　（010）55626985（读者服务部）
传　　真	（010）66515838
经　　销	全国新华书店
印　　刷	北京紫瑞利印刷有限公司
开　　本	710毫米×1000毫米　1/16
字　　数	206千字
印　　张	14
版　　次	2017年1月第1版第1次印刷
定　　价	29.00元
网　　址	www.cctphome.com　　邮　箱　cctp@cctphome.com
新浪微博	@中央编译出版社　　微　信　中央编译出版社（ID：cctphome）
淘宝店铺	中央编译出版社直销店（http://shop108367160.taobao.com）（010）52612349

凡有印装质量问题，本社负责调换。电话：（010）55626985

目录
CONTENTS

第一辑 天真岁月不相欺

二姥姥（文/史铁生）……002

圣胡安之夜（文/〔波多黎各〕露露·迪拉尔 庞启帆编译）……005

16岁的羡慕嫉妒恨（文/阿杜）……009

天真岁月不相欺（文/程琳）……014

少年时的友谊（文/李赟）……021

时光没有告诉我（文/程琳）……024

兄弟饭（文/李兴海）……030

千年才能做兄弟（文/王万龙）……033

少年错（文/一路开花）……039

第二辑 让心里贮满阳光

朋友是"明里较劲儿"（文/段功蔚）……044

和谐才能幸福（文/文小圣）……047

与你青春相伴（文/安心）……049

怀念高中岁月（文/冠豸）……054

影帝姜文，有一种亲情叫前妻（文/秋水）……060

让爱转起来（文/孙道荣）……067

欠你的微笑（文/马明守）……070

第三辑　让友情穿越一个迷茫冬季

我想敲敲邻居家的门（文/秦若邻）……076
温暖的路灯（文/李代金）……079
强者更需要协作（文/林玉椿）……082
播种希望（文/瞿幼芳）……084
儿童节的礼物（文/入世无尘）……087
与你笑到最后（文/阮小青）……091
让友情穿越一个迷茫冬季（文/杨宝妹）……095
陌生爸爸（文/郭紫雯）……099
范曾和朱军的莫逆之交（文/高小宝）……103

第四辑　若是懂得，无言也暖

我家住在麻风村（文/李瑞）……108
若是懂得，无言也暖（文/张燕峰）……111
我并不要刻意感动谁（文/段奇清）……114
朋友是"痛并快乐着"（文/奇清）……118
沉默的青春被谁打破（文/阿杜）……121
最大的敌人，最好的朋友（文/〔英〕安娜·金斯柏里　庞启帆编译）……126
演好自己的角色（文/〔美〕克里斯坦·蒂比茨　庞启帆编译）……129
默默的友谊（文/清翔）……132
让相关者有归属感（文/大可）……135

第五辑　坐在最后一排的日子

推己及人就是天使（文/张艳君）…… 140
感恩的"黄扶"（文/唐月姣）…… 144
坐在最后一排的日子（文/冠豸）…… 147
为蜗牛画道安全线（文/汤园林）…… 153
温暖的糖果（文/汤贵成）…… 156
三千份生日礼物（文/闫莹莹）…… 159
温暖的土豆（文/闫莹莹）…… 162
满大街都是陌生朋友（文/汤园林）…… 164
不忘却纪念，不停止向前（文/程琳）…… 167

第六辑　两个人的战斗

两个人的战斗（文/朱向青）…… 172
关怀的力量（文/思想者）…… 177
人心暖了，世界也就暖了（文/金珠）…… 180
大腕们的一诺千金（文/高然）…… 184
坏小子请走开（文/雨街）…… 188
飞舞在青春里的手套（文/张君燕）…… 195
大师的慧眼（文/崔鹤同）…… 200
遇见你（文/江北）…… 205
母亲来看我（文/李娜）…… 213

第一辑

天真岁月不相欺

  每个人都是时光这条道路上粗心的旅人，收获良多，失去亦多。然而时光没有告诉我，我在不知不觉中，在它那里遗失了什么。所以，谢谢你告诉我，让我找回本心，学会敞开心扉。希望在未来的生命里，当你有所迷失时，也有人能如此待你。

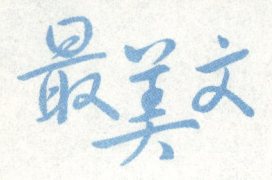

二姥姥

文 / 史铁生

亲人帮亲人,无亲来帮愁煞人。

——英国谚语

有个女人,我管她叫"二姥姥"。不知怎么,我一直想写写她。

可是,真要写了,才发现,关于二姥姥我其实知道的很少。她不过在我的童年中一闪而过,我甚至不知道她的名字,母亲在世时我应该问过,但早已忘记。

母亲去世后,那个名字就永远地熄灭了。那个名字之下的历史,那个名字之下的愿望,都已消散得无影无踪,如同从不存在。

这确实有些奇怪,我与她见面,总共也不会超过十次。我甚至记不得她跟我说过什么,记不得她的声音。她是无声的,黑白的,像一道影子。

她穿一件素色旗袍,从幽暗中走出来,迈过一道斜阳走近我,然后摸摸我的头,理一理我的头发。纤细的手指在我的发间穿插,轻轻地颤抖。仅此而已,其余都已经模糊。直到现在,直到我真要写她了,我还不清楚为什么要写她,以及写她的什么。

母亲带我去看二姥姥,肯定都是我六岁以前的事,或者更早,因为上幼儿园之后我就再没见过她。她很漂亮吗?算不上很,但还是漂亮,举止娴静,从头到脚一尘不染。

她住在北京的哪儿我也记不得了，印象里是个简陋的小院，简陋但是清静。什么地方有棵石榴树，飘落着鲜红的花瓣，她住在院子拐角处的一间小屋。惟近傍晚，阳光才艰难地转进那间小屋，投下一道浅淡的斜阳。

她就从那斜阳后面的幽暗中走出来，迎着我们。母亲于是说："叫二姥姥，叫呀？"我叫："二姥姥。"她便走到我跟前，摸摸我的头。我看不到她的脸，但我知道她脸上是微笑，微笑后面是惶恐。

那惶恐并不是因为我们的到来，从她手上冰凉而沉缓的颤抖中我明白，那惶恐是在更为深隐的地方，或是更为悠远的领域。那种颤抖，精致到不能用理智去分辨，惟凭孩子浑沌的心可以洞察。

也许，就是这颤抖，让我记住她；也许，关于她，我能够写的也只有这颤抖。这颤抖是一种诉说，如同一个寓言可以伸展进所有幽深的地方，出其不意地令人震撼。恐怕就是这样，所以我记住她。

二姥姥比母亲大不了几岁，她叫母亲时，叫名字。母亲从不叫她，什么也不叫，说话就说话，避开称谓。二姥姥仿佛静止在幽暗里，素色的旗袍与幽暗浑成一体，惟苍白的脸表明她在。

一动一静，我以此来分辨她们俩。母亲或向她讨教裁剪的技巧，把一块布料在身上比来比去，或在许多彩色的丝线中挑捡，在她的指点下绣花，绣枕头和手帕。有时候她们像在讲什么秘密，目光警惕着我，我走近时母亲的声音就小下去。

好像只有这些，对于二姥姥，我能够描述的就只有这些。她的内心，除了母亲，不大可能还有另外的人知道。但母亲，曾经并不对谁说。

很多年中，我从未想过二姥姥是谁，是我们家怎样的一门亲戚。有一天，我毫无缘由地忽然问母亲："二姥姥，她是你的什么人？"母亲似乎猝不及防，一时嗫嚅。

我和母亲的目光在离母亲更近的地方碰了一下，我于是看出，我问中了一件非同寻常的事。母亲于是也明白，有些事不能再躲藏了。"呵，她

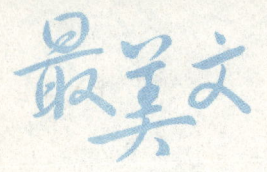

是……嗯……"我不说话，不打断她。

"她是你姥爷的……姨太太，你知道，过去……这样的事是有的。"

我和母亲的目光又轻轻地碰了一下，这一回是在离我更近的地方。唔，这就是母亲不再带我去看她的原因吧。

"现在，她呢？"我问。

"不知道。"母亲轻轻地摇头，叹气。

"也许她不愿意我们再去看她，"母亲说，"不过这也好。"

母亲又说："她应该嫁人了。"

我听不出"应该"二字是指必要，还是指可能，我听不出母亲这句话是宽慰还是忧虑。

"文革"中的一天，母亲从外面回来，对父亲说她在公共汽车上好像看见了二姥姥。"你肯定没看错？"母亲不回答。

母亲洗菜，做饭，不时停下来呆想，说："是她，没错儿是她，她肯定也看见我了，可她躲开了。"父亲沉吟了一会儿，安慰母亲："她是好意，怕连累咱们。"母亲叹息道："唉，到底是谁连累谁呢……"

这之后不久二姥姥就死了。

（原载《高中生之友》（青春版）2014年第7期）

孩子是好的，亲人是好的。但孩子和亲人是天上飞鸟嘴里携带的种子，他们落在田野里，开花结果、不种不收、自生自灭。

圣胡安之夜

文/〔波多黎各〕露露·迪拉尔 庞启帆编译

友谊是一棵可以庇荫的树。

——柯尔律治

20世纪40年代的圣胡安市,同一街区的人几乎都互相认识,邻里之间的孩子经常一起在街道旁玩耍。那时,在一栋公寓楼二楼的窗后或者阳台上经常有一双眼睛在注视着我们。那是我们的邻居何塞·曼努埃尔,他的家人不让他加入我们玩耍的队伍当中。

那天,我和我的姐姐艾莎、妹妹阿玛拉一起在我们家附近的街道旁跳绳。突然,阿玛拉小声说道:"伊芙琳,快看,他又坐在那里看我们玩。"

我和艾莎抬头看去,何塞正坐在阳台上,透过阳台的护栏呆呆地看着我们。我们知道,无论何塞怎么努力,他都无法说服他的奶奶让他下来和我们一起玩。

"太多疯狂的司机!鹅卵石太硬!太危险了!"他的奶奶总是摇着头这样说。

除了不让何塞下来跟我们玩外,我们也从没见过何塞的奶奶笑。所以我们都很怕她。

"总有一天,我会让他的奶奶允许他下来和我们玩。"阿玛拉突然说道。如果有一个人敢那么做,那就是我的妹妹阿玛拉。虽然她只有7岁,但她也是我们姐妹三个当中最大胆的。

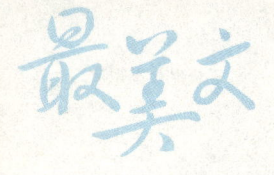

那天几乎没有风,玩了一会儿,我们就热得难受。

"我们去买点椰子汁喝。"阿玛拉擦着汗说。

"好啊,好啊!"我和艾莎齐声附和。

在去冷饮店的路上,我们兴奋地聊起了晚上的计划。

每年的6月23日是当地的传统节日——圣胡安节,人们以"圣胡安之夜"来庆祝夏天的到来。在这晚,人们结伴来到海滩,在午夜12点的时候,以倒行的方式步入海里。人们说,在圣胡安之夜,如果反复这样做三次就能得到好运。我想,如果何塞和我们一起这样做,他的命运就会改变,他的奶奶就会允许他和我们一起玩。

十几分钟后,我们来到了位于海滩边的冷饮店。买到椰子汁,我们爬上了冷饮店旁的一棵古树上。

"今晚我们怎样才能让何塞来海滩?"我啜着椰子汁问艾莎。

"伊芙琳,你非常清楚他的奶奶是不会让他来的。"艾莎说道,"你知道她会说……"

"不行,太危险了!"阿玛拉马上学着何塞的奶奶的口吻说道。

不知不觉,快到晚饭时间了。我们知道,如果今晚想爸爸妈妈带我们到海滩来,就必须尽快回到家,所以我们抄近路往家赶。

回到家附近时,我们听到了那个蔬菜小贩的叫卖声:"白菜,土豆,苹果。便宜卖啦,便宜卖啦!"

每天傍晚,这个小贩都绕着街边的一栋栋公寓楼叫卖他的新鲜蔬菜和水果。住在楼上的人们如果不想下楼,就在阳台上用绳子放下一个篮子,并大声告诉小贩他们需要什么。篮子里面有钱,小贩拿走钱,把蔬菜或者水果放进篮子里。经过何塞家时,我们看见何塞拿着篮子,正准备放下来。看到这一幕,我忽然有了一个主意。

"我们在何塞的篮子里放上一张纸条,邀请他今晚和我们一起去海滩,怎么样?"我说道。

"肯定不行!"艾莎说道,"他的奶奶不会喜欢这种方式,也许我们还会惹上麻烦。"

"那我们就当面问她。"我说道。

"可是我们用什么借口上她家去呢?"艾莎说道,"我还没见过有人被邀请到何塞家去呢!"

"等等,我知道该怎么做。"阿玛拉跳着说道,"我们叫何塞丢一样东西下来,然后我们拿着这东西上去归还他。"

我们写好纸条,然后请小贩把它跟土豆一起放进了何塞的篮子里。接下来,我们要做的就是耐心等候了。

很快,何塞再次出现在阳台上,手上拿着一个红色的小球。他看了我们一眼,就坐下来玩球,突然那个球从阳台上掉了下来。球弹了几下,滚下斜坡,进了一条小巷。阿玛拉马上跑过去捡了起来。

一会儿后,我们拿着何塞的球站在了何塞的家门前。我和艾莎紧张极了,努力控制着我们的呼吸,阿玛拉却镇定地敲响了那扇木门。只听"吱呀"的一声,门慢慢地打开了,何塞的奶奶皱着眉头出现在我们面前。

"什么事?"她一脸疑惑地问。

我和艾莎互相看着对方,她看起来跟我一样害怕。我想转身就跑,但就在那一刻,我瞥见了何塞那张充满渴望的脸。我强迫自己留了下来。

阿玛拉从我手上接过球,大声说道:"这是何塞的球,我们来归还它。"然后,她深吸一口气,上前一步继续说:"我还想知道,何塞今晚能和我们一起去海滩吗?"

我和艾莎怯怯地站到了阿玛拉的身后。

"海滩?"何塞的奶奶惊讶地问,同时,她从阿玛拉的手上接过了球。

"是——是——是的。"我说道,"今晚是圣胡安之夜,每年我们的爸爸妈妈都带我们去海滩。"

何塞的奶奶皱眉看着我们,看着她的表情,我心里想:我们怎么这么蠢,居然认为她会让何塞跟我们一起去海滩!我感到尴尬极了,扯了扯艾莎和阿玛拉的衣服,转身就想离开。

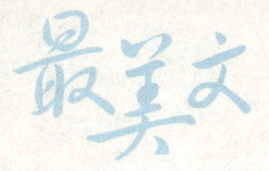

没想到何塞的奶奶却说道:"等等,既然来了,就进来吃点东西再走吧。"我闻到了玉米煎饼的香味。

"好啊。"阿玛拉毫不犹豫地跟着何塞的奶奶进了屋。然后,在我们还没缓过神来,我们就挨着何塞坐在了客厅里,吃上了香喷喷的玉米煎饼。不知怎么的,和何塞坐在一起,他的奶奶似乎不那么令人害怕了。吃完东西后,何塞的奶奶感谢我们的邀请,并说她会尽快给我们答复。

何塞笑了。

回到家,我们发现妈妈正在等我们。她刚接完何塞奶奶打来的电话。她有理由不高兴,我们不但回家迟了,而且未经允许就邀请何塞跟我们一起去海滩。我们都低下头,不敢看妈妈。

"不是我的错,都是伊芙琳和阿玛拉的主意。"艾莎怯怯地说道。

"胆小鬼!"阿玛拉小声说道。

妈妈笑了笑,说道:"实际上,你们这几个丫头邀请何塞我很高兴,但是,下次请你们记得首先邀请我。"

"圣胡安之夜"降临了。像往年一样,我们一家人都去了海滩,但这一次有点不同,因为何塞·曼努埃尔加入了我们当中。

月光皎洁,整个天空如天鹅绒一般。海滩上挤满了像我们一样情绪高涨的年轻人,我们拉着手一起倒行着奔向汹涌而来的潮水。那一刻,我希望好运降临到何塞的身上,从此,他的奶奶便允许他和我们一起玩耍。

当一个浪涛把我们高高托起的时候,我知道,我的愿望会变成现实。

(原载《意林》(注音版) 2014 年第 2 期)

孩子的世界就是这么单纯却又那么勇敢,不过就是为了帮助另一个人。多么纯真的友谊啊!

16 岁的羡慕嫉妒恨

文 / 阿杜

> 嫉妒心是荣誉的害虫,要想消灭嫉妒心,最好的方法是表明自己的目的是在求事功而不求名声。
>
> ——培根

一

杨若形单影只地穿行在大街上,脸上满是沮丧。她一想到罗琪就生气。

罗琪是杨若的好朋友,俩人形影不离。大家都觉得奇怪,性格迥然不同的她们居然也能亲如姐妹花。谁说不是呢?为了表示那份友谊,她们留一样的发型,戴相同的发夹,去哪儿都不落单。

她们一起考进市里最好的高中,年级十六个班,她们再次分到一起,除了"缘分",还真找不出什么更适合的词来形容她们之间的关系。可是谁又能想到,学长高飞的出现却在不经意中打破了这种和谐。

二

那天和往常一样,放学后她们就去挤公车。正是下班高峰期,车上人满为患。

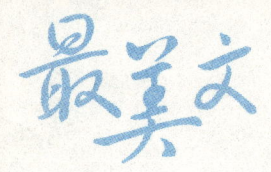

一个急刹车，杨若的身体不由自主地往前冲猛地又往后撞，整个人跌进了站在她身后的人怀里，那人就是高飞。当时他戏谑地说："美女，投怀送抱呀！"窘得杨若一脸羞红。

看见好姐妹被人戏弄，罗琪不愿意了，她盯着高飞说："帅哥，请注意你的咸猪手。"车在颠簸，高飞一手抓着吊环，另一只手不经意地搭在了杨若的手臂上，那样子怎么看都像单手把杨若揽抱在怀的样子。被罗琪一嚷，高飞迅速将两手高高举起，正在这时，车子又突然停下，高飞随着惯性整个人往前冲，手再次抓在杨若肩上。

杨若尖叫起来，罗琪眼疾手快地在高飞手臂上狠狠地捏了一下，痛得他禁不住大叫："野蛮！干嘛捏我？"看到高飞抗议，罗琪愤愤地说："看你以后还敢不敢乱抱。"杨若羞得低头不吱声。

高飞看着眼前的两个女生，身高一样，打扮同出一辙，就连长相也有几分像，于是好奇地问："咦！你们是双胞胎吗？""像吗？好多人都这样认为。"罗琪说，她是个活泼的女生，见高飞搭讪，就与他攀谈起来。倒是杨若站在边上，一直没吭声。

下车时，罗琪已经和高飞有几分熟了，她拉着杨若的手还回头冲高飞扬了扬。

"琪，你干嘛和他聊天呀！又不认识。"杨若问。她是个内敛的女生，一和男生说话就脸红，但心底里，她很羡慕罗琪，和谁都有一箩筐的话说。"他是校友，穿的衣服和我们一样。"罗琪乐呵呵地说。

同校，同坐一路车，接连遇见几次后，他们三个算是真正熟悉了。高飞是高二的学长，校篮球队的后卫，学生会副主席。杨若还知道，高飞是学校里众多女生心目中的"校草"。

熟悉后，罗琪每次在车上遇见高飞都有说不完的话。杨若插不上话，她羞答答地站在边上，眼睛一直偷偷地瞟着高飞神采飞扬的脸，心如鹿撞。

三

以前也是这样，罗琪和男生款款而谈，杨若就在边上当听众。可是这次，当罗琪和高飞谈得兴高采烈时，杨若心里开始有些刺痛。

突然就厌恶起来，杨若不想再看见罗琪和高飞谈笑风生，她怎么会有那么多话对高飞说呢？杨若思忖着，心里五味杂陈。

心里憋气，杨若有意无意地疏远了罗琪。可罗琪不知情，还像过去一样一下课就去搂她的肩膀和她闹着玩。杨若心烦，她冷冷地推开罗琪的手。

"怎么了？若。"罗琪纳闷地问，杨若没吭声。

傍晚放学时，罗琪被老师留下来帮忙出板报。杨若自己先走，有一段时间了，她总想躲开罗琪。

没想到，又在车上遇见高飞，认识半年了，这是杨若第一次单独面对高飞。面对高飞的热情，杨若的情绪很快被调动起来，她努力控制自己激动的心情，两人聊得不亦乐乎。

杨若是鼓足了劲，她虽然平时话少，但这不等于她不会说话。她不想输给罗琪，所以表现得格外好，他们还约定周末一起去近郊爬山。杨若心花怒放，她感觉自己终于把罗琪比下去了。

但是到了周末，当罗琪穿着运动装来找杨若时，她整个人都傻了。"你这是干嘛呀？"杨若明知故问。"今天不是去爬山吗？怎么能漏了我？"罗琪笑脸盈盈，杨若却恨不得一脚把她踢回家去。杨若真想不去了，但犹豫片刻，还是按时出发，她觉得不能便宜了罗琪。

四

只是这次爬山，杨若无心欣赏景色，她一直紧张地盯着罗琪，一直抢着和高飞说话。

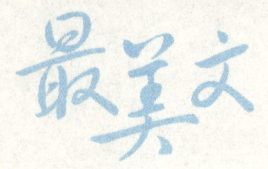

"若,你今天兴致不错嘛,什么时候变得这么能说啦?"罗琪故意逗乐。"是呀,得看跟谁说。"杨若不甘示弱,其实心里她挺恨罗琪的,刚才爬一个小坡,她怎么可以让高飞牵她的手呢?真做作。

杨若思绪游离,突然脚下一滑发出一声尖叫,整个身子骨碌一下就滑进了路边的草丛里。罗琪紧张地叫,看到落差不高,也跟着跳下去。她抱起早已吓哭的杨若紧张地问:"若,你还好吗?"高飞也跳下来。

杨若的白色运动裤被荆棘勾破了一长道,露出白皙的腿,腿上血迹斑斑。罗琪小心翼翼地拨去小刺,然后掏出纸巾轻轻拭去上面的血。杨若痛苦地拧着脸,"杨若,哪受伤了?"高飞怜惜地问。"脚好痛!"杨若哽咽,她觉得自己真是倒霉透了。

高飞先爬上去,然后把她们拉上来,高飞要背杨若下山,杨若一脸难为情。"你的脚受伤了,硬撑不好,还是接受高飞的帮助吧。"罗琪说着,顺手把杨若的手搭在高飞的背上。

六百多个台阶,高飞背着杨若累得大汗淋漓。罗琪逗笑说:"高飞,还好杨若人瘦体轻,如果换上一个重量级的,你今天可得折腰了。"高飞喘着气说:"是呀,不然我可糗大了。"杨若趴在高飞的背上,一直红着脸埋头不敢吭声。

五

晚上,罗琪邀高飞一起去看杨若,三个人说说笑笑。杨若身体无大碍,只是皮外伤。

送走高飞后,罗琪留宿在杨若家,并肩躺在床上,罗琪趴在杨若的耳边轻声问:"若,你是不是喜欢高飞?""没有!"杨若低声狡辩。"真没有?你以为我看不出来?你的眼神出卖了你。"罗琪说。

杨若噤声了,想了想,她犹豫着问:"琪,你是不是也喜欢他?"话一出口，杨若就后悔，这不是摆明要和罗琪竞争嘛？"高飞确实是个很优秀的男生，长得也很帅，但是……"罗琪停顿了一下。"但是什么？"杨若紧张地问。"但是我们都还太小……"罗琪说了很多，她搂着杨若的肩膀，说得很诚恳。

杨若想着自己对她的嫉恨，脸热辣辣地涨红起来。她已经明白了罗琪的所作所为都是为了阻止自己陷入单恋的尴尬，亦明白了自己该如何做才正确。

黑暗的夜里，杨若握着罗琪的手，两个女生幸福地进入了甜美的梦乡。

（原载《意林》（少年版）2014年第22期）

那些懵懂的爱恋，见证我们的成长，不管最后谁跟谁在一起都不重要了。只是还好，友谊一直都在！

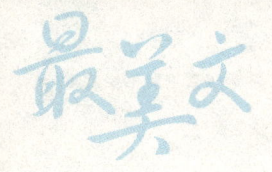

天真岁月不相欺

文 / 程琳

朋友，可以把快乐加倍，把悲伤减半。

——马库斯·T.西塞罗

学霸轮流做

发考卷的时候，众生的哀号声不绝于耳，而我面对江山一片红的卷面低头装死。

同桌陈帆帆只扫了一眼自己的卷子，便将注意力转到了我的身上："你怎么考得比上次还差？"

大部分科目都是将将及格了，换了两个月前，谁敢想象"学霸"会考成这样子？

"第一还是岩峰同学，能蝉联两次实在是不容易。"班主任的表情甚是欣慰，大伙儿也配合着热烈鼓掌。

好不容易熬到了下课，我正打算把卷子收进抽屉，却被人一把抢了去。

"哟，这不是曾经的学霸吗？现在这是怎么啦？快来看看岩峰的成绩，分数是你的两倍吧？"依兰一副幸灾乐祸的表情。

"我好像记得某人以前的成绩也是我的一半。"

依兰被噎得脸一阵青一阵白的,我趁势就想把卷子从她手里夺回来,没想到又被一双大手抢了先,原来是林岩峰。

"岩峰,是你啊,快把卷子还我!"我以为他是要替我拿回卷子,便压下了火气,没想到他却如未闻,皱着眉头仔细看起了卷子。

"果然是风水轮流转啊!下次说不定你和依兰之间也能整出两倍的差距来。"岩峰将卷子甩到了桌上,就绕回到自己的位置。

我万万没有想到林岩峰的态度会如此恶劣,只觉得以前真是看错了他!

但看着他被众人围绕时那副拿捏得当、谦虚又高调的表情,又不由沉默了,这种表情,大概和曾经的自己是相仿的吧……

神秘的 X 霸

坐在电脑前,我把画面里的那些怪兽当作那些讥笑我的人,暗自解气一番之后,又倍感泄气。

其实我和林岩峰都是 A 城重点高中的高二学生,都是年级公认的学霸,一直以来也都是良性竞争。但是自从我迷上了网络游戏后,不能自拔,这才导致成绩一落千丈。

"嗨!"正当我陷入关于"自己是如何堕落的"这个话题的沉思时,有人在游戏上私聊了我。

对方的名字叫 X 霸。

"嗨!能救救我不?我快被怪物挤成肉饼了。"正巧我的角色被怪物包围住了,我就故意随口给他出了个难题,他要是真的在附近能给我解了围就交个朋友,不在的话想必就会知难而退的。

出乎意料,有人加入了血战,怪物很快散开,我终于看清了"救命恩人"——X 霸。

"都解决了!组个 team 可以吗?"他没有过多居功,友善地向我发出了邀请。

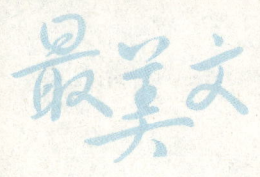

我欣然接受了,能提高经验值,谁不愿意?不过他的这一做法倒是让我有几分好感:"我以后就跟你了,明天要是升不到二十二级,小心我KO你!"

"OK!"说着他就开始出手了,我的经验值果然噌噌地涨,有种坐享其成的得意。

"对了,你的网名叫X霸?为什么?"我闲下手以后忍不住问一句。

那边隔了几分钟才回说:"你可以随便拿字填这个X。比如麦霸、恶霸、拳霸、学霸……"

"我有事走开了,挂着机,你继续带吧。"我本来不错的心情让"学霸"两个字给毁了。

"先别急着走!你可以把账号给我,这样也不用挂着机了,我直接帮你练级。"这次他的信息跟来得很快。

我想了想账号是新的,也没有其他个人信息,即使丢了也没什么可心疼的,就随手给他了。

出书房前,瞥见了墙上的挂钟,心里一算,我想这大概是我迷恋网络游戏以来,开关机间隔时间最短的一次了。

诬陷作弊

高二下学期的期末考试,已是六月的中旬。在同学的抱怨声与哀叹声中,我和每个人一样,顶着将近40摄氏度的高温,和一些我认识却懒得理睬的题目作战着。

最后一科政治考试,我很快便答完了。正当我检查完毕,百无聊赖的时候,一个纸团突然从前方扔来!

我正考虑着要不要装作没看到,但那纸团就落在我的座位旁边……

"老师——你看云小暖的座位旁边是什么?"依兰突然站了起来。

监考老师走到我身边,捡起纸团展开一看:"纸条上的答案是谁写的?"

能从那个方位把纸条扔到我这里的人左右不过四人,帆帆肯定不是,而另外两人素来少有来往,只有依兰有嫌疑。否则大家都在认真答题检查的时候,凭什么是她第一个发现?

"是我写的,我只是想让小暖帮我看看……"帆帆却突然站出来承认那纸条是她写的。

"不对!老师,我分明看到是从依兰那个方向扔来的!"我不能让帆帆背黑锅。

"你——你血口喷人!"依兰听了我的话,大声辩驳。

监考老师喝止道:"行了!都先坐下继续考!等考试结束,我去调录像!"

这时后排却突然有人插话:"老师,不用看了,我能证明,不是依兰也不是帆帆。"

"那是谁?"插话的是林岩峰,监考老师当然深信不疑。

我疑惑地转身望向林岩峰,晕晕乎乎地看着他的嘴巴一张一合,吐出了三个字:"云小暖。"

"云小暖,考完试到我办公室来。"监考老师果然信以为真。

我冷笑一声坐了下来,人都说患难见真情,我这可倒好!

学霸的瞌睡

鉴于我认错态度良好,加之作弊未遂,所以老师只是给了我一个口头警告,单科零分计算而已,也不通报批评了。

"小暖?你没事吧?怎么处理啊?"帆帆一脸担忧。

"没事啊!虽然没做,但是诚恳认错,老师果然没怎么处罚我。只是有些人,自己要心里有数!"我老远就看见依兰和林岩峰两个人在不远的走道处窃窃私语,刻意放大了音量。

我和帆帆慢慢走了过去,帆帆突然用异常刻薄的语气说道:"林岩峰不就是怕第一会再被你抢走吗?"

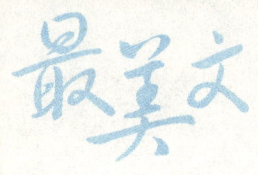

那次考试林岩峰仍然是不容置疑的年级第一,而我差一点因为单科零分而进了白榜。但那之后,我就发现他常常顶着黑眼圈来学校,上课时候顶不住就睡着了,几次小测验和单元考试成绩也不如以前拔尖了。

"林岩峰他最近状态好像很不对啊……"帆帆对我兴高采烈地咬耳朵,"我看他在数学课上从头睡到尾,老师的脸色都很难看了……"

"你上课不专心听讲,老观察别人!人家怎样关我们什么事?"我随手拿书本敲了敲她的脑袋,嘴上虽这么说,心里也不禁暗爽。

"小暖,我觉得你最近的成绩好像回升不少啊!回心转意了?"帆帆用胳膊撞了撞我。不过说来也奇怪,自从那个 X 霸要了账号去帮我练级以后,我就发现自己没那么迷恋网络游戏了,也能多抽出那么一点时间用于学习了。而且即使在玩游戏,我也是和 X 霸聊天居多,时间久了发现他倒很健谈,并且很有见识。

"也不是啦……"我还没来得及把 X 霸的事情告诉她,上课铃声就响了,这节课是地理,地理老师几乎与铃声同步到班。

"上课!"

"起立!"

全班同学都整顿精神唰地站了起来,唯独一个人还坐着,正是还在呼呼大睡的林岩峰。

"林岩峰,下课到我的办公室来!"这已不是他第一次在地理课上睡觉,地理老师能忍到今日已经很不容易了。

真相不只树洞才有

"你很高兴?"林岩峰从办公室出来,与我擦肩而过的时候,突然问我,"你想不想知道,上次作弊是谁诬陷了你?"

我从他缓缓张开的手里取出那张被揉成团的纸条,慢慢展开,上面的字迹使我震惊、愤怒——那是帆帆的字!

我不知道我是怎么走过长长的走廊，一步步回到教室的。我把那张纸条死死攥着，握出了一手的汗，直到字迹模糊。

我成了独行侠，帆帆几欲解释，都被我的冷淡拒于千里之外。我开始化憎恶为力量，从哪里跌倒就从哪里爬起来，努力学习。

直到一日，看到桌上压着一张纸条："十二点半，天台见——依兰。"

我一个人去了天台，并躲在一边想先看看情况。

"林岩峰，你还打算这样沉默到什么时候？" 我先听到依兰的质问。

"林岩峰，你说话啊！为什么骗我说只要我把纸条按照你说的写好，扔到小暖的桌边，不仅可以让她重新振作，你还愿意帮她补习功课？为什么事到临头你却诬陷小暖作弊？"帆帆的声音异常愤怒，"你还捏造我背叛她的事实，害得我们现在……"

我听得心里一阵苦涩，我竟然这么轻易就听信林岩峰的一面之词，错怪了帆帆。

"我来说！林岩峰他为了云小暖设了一个局，不惜让自己做了小人，被云小暖鄙视，被你唾骂，还每天晚上熬夜替云小暖打游戏……"依兰给帆帆的解释让我蒙住了，接着她又冲林岩峰质问，"我帮你在出成绩的时候刺激她了，人家一声不吭！我帮你诬陷她作弊，人家干脆承认了！她好强？她自尊？那她怎么没有像你所想的那样反击、努力？"

"我不伟大，我也有私心，我不希望以后学霸这个位置只有我孤独的一个人，总希望能有个伴。"林岩峰的回答又给了我巨大的震撼。

原来真相不只是树洞才有，天台也同样是个神奇的地方，让所有人的秘密都不设防。

我的英雄学霸

这场天台的"偶见偶闻"，理所当然地使我与林岩峰和帆帆都重归于好。

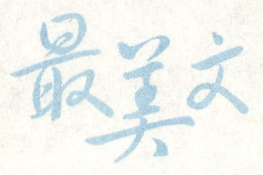

其实早在林岩峰这个"X霸"帮我练级之时,我就隐约察觉到自己的游戏瘾逐渐戒去了。现在得知真相,当然不能让他的苦心白费,索性两人都抛弃了游戏,一起努力学习,彼此帮助。所谓强强联手,成绩很快就提上去了。

于是,在两个月后我迎来了高三上学期的最后一场考试,我带着和之前完全不同的心情踏入考场,走出考场,再走进公布成绩的课堂。

"第一,云小暖同学!第二,林岩峰同学!不错不错,大家为他们鼓掌。"班主任眼见自己班里出了两个尖子生,喜笑颜开。

"这真是名副其实的学霸啊!大家说是不是?"帆帆高兴坏了,怂恿大家一起调侃我和林岩峰。我和他只是相视一笑,接受了大家好意的起哄。

班主任又说:"哦!对了,这次我们的依兰同学进步也很大啊——年级排名进步了一百名!"

我看到依兰一脸惊讶,随即跟着大家一起笑了起来,那份喜悦是直达心底的。

"好!好!这次寒假,是高中的最后一次寒假了,大家一定要好好利用起来,别让自己后悔啊——"班主任简单地交代了几句以后,就宣布寒假开始了。

等同学都散去的时候,我偏头笑着向林岩峰伸出了手:"你好,很高兴认识你,我的英雄学霸!"

(原载《意林》(少年版)2015年第1期)

依然记得那个兵荒马乱的年代,我们在另一个人身上寻找信心和力量,就像两朵靠近的花,一起相伴成长。

少年时的友谊

文 / 李赟

真正的友情就如同人的健康。在失去之前,永远无法意识到他的真正价值。

——科尔顿

他刚来班上的时候,没人能听懂他说什么。我见他憋得难受,便挺身而出做了免费翻译。他来自四川,高个,清瘦,宁死也不说蹩脚的普通话。

因家中隔壁曾有四川的租房客,所以,我能听懂他所要表达的意思。他对我的及时出现表现得感激涕零,说务必要与我做一生一世的好朋友。

他主动要求老师调换座位,成了我的同桌。他整天死皮赖脸地跟着我,嚷嚷着要我介绍当地的名贵小吃。我倘若对他稍不理会,他必然又要朝天埋怨我是个不爱惜家乡的孩子,不懂得向外来人口推销自己的家乡文化。

无可奈何,我终于和他成了好朋友。原因是他告诉过我说,从我所在的云南小镇到四川,一定会经过一片浪花飞溅的江河,江河的码头上摆满了渡人的船只,而他每年都是坐船回去的。

当时,我在高原上已经呆了整整十一年,十一年的春来秋去,我都是看着莽莽大山而过的。因此,在当时年少的憧憬里,便经常会无缘无故

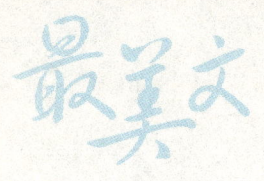

地冒出一片无垠的海面来。我多想去看看,那遥远的海平线和扑翅高歌的飞鸟。

我知道,他所说的不过是一条宽阔的河流,但对于多年前的我来说,那照样有着无比强大的吸引力。于是,我从骨子里认定了,他是特别的,是与其他的高原孩子们有所不同的,因为他见过奔流的河。

还没到他十二岁生日,他便没日没夜地在我耳旁唠叨,叮嘱我一定要去他家,说有我最爱吃的东西。我犹豫了片刻,点头答应了。

可事实上,他十二岁生日还没到来,学校便已经放了暑假。母亲领着我去了乡下,而我亦在绿树蔽日的时光里忘却了这件事。

回去之后,他气势汹汹地找到了我,好生将我奚落了一番。我因理亏,始终保持沉默。后来,他骂累了解气了,拉着我的手便去了他家。

他踩着高高的圆桌上,把红木橱柜打开,端出一只精致的瓷碗。一面小心翼翼地捧在头顶,一面故作神秘地问我:"猜猜是什么?快猜猜看!"

我猜了许久都没猜中,失了兴致。他欣喜若狂地把瓷碗递到我的手里,还未说出将要说的话,便惊讶地张大了嘴巴。

原来,当天他等我直到深夜,后来他母亲催促他点了蜡烛,他才慌慌张张地用小刀把蛋糕上所有的奶油刮到这只碗里。他一直没有忘记,我爱吃奶油。

只是,我一走便是整整半月。灰白交错的霉菌爬满了鲜嫩的奶油,结满了白色的绒毛。

这件事使我感动了很多年。后来,因高考的缘故,我俩彻底分开了。他经常给我写信,向我问安,可我,却在陌生的城市里和一群新交的朋友玩得忘乎所以。

渐渐的,他的信件少了。我们像一块紧贴在刀刃上的细肉,慢慢地被一种悄无声息的力量切开。

毕业前夕,在整理东西时发现了他的信件,踟蹰着是否留下时,忽然发现了信件背面的笔迹:"其实,我也喜欢吃奶油。"

我在刹那间想起少年时候的自己,想起那只精致的瓷碗,想起那些他为我刻意留下的奶油。坐在零乱的书桌旁,我握紧笔,却不知该给他写点儿什么。

四年就这么过去了。当然,此刻的我已经知道,从云南到四川,再远也不过十几个小时的车程,根本不用经过什么奔流江河。可我还是怀念,怀念当年那个别有用心的谎言。

那段闪烁着光芒的时光,我是再也回不去了。唯一留有遗憾的,便是少年时候的自己,没能好好握住那份至纯至真的友谊。

(原载《小小说月刊》2010年第11期)

时光已过去多少年,如今的你们在哪里?经历着什么样的故事?什么样的幸福,伤痛……我又看到那些少年,在九月新学期的操场上青春飞扬……

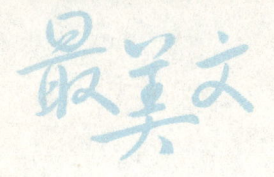

时光没有告诉我

文 / 程琳

真正的好朋友,应该在你得意的时候,只有邀请才来;在你失意的时候,会不请自来。

——伯纳尔

做冰山女的同桌

"喂,那个……年段第一,你给我补习吧?"江灿在楼道里堵住了朱杉,帅气一笑。

"你——叫我?"朱杉微微一怔,她什么时候改名叫"年段第一"了?

"是啊!你不就是整个高一都考了年段第一的朱杉吗?"江灿点点头,接着笑说,"对了,先自我介绍一下,我是——"

朱杉却打断了他:"我知道,你是江灿。"全校闻名的"校草"江灿,长相不错,顽劣事迹不少,朱杉就是再两耳不闻窗外事,也是知道的。更何况,他们还是同班同学。

江灿立即夸张地拍掌一笑:"你知道我?那这事就说好了?"

"这……"她皱眉,不知道在犹豫什么。

"别犹豫啦!我数学不行,拖成绩后腿,家里人想让我去上补习班呢!我想肥水不流外人田,那么贵的补习费给别人赚了,不如给你赚啊!"江灿以为她是动心了,就急着加了一把柴火。

谁知道,朱杉似乎是炮仗属性,点火就爆了,怒道:"我不需要同情和施舍,别再来烦我了!"

"哎——"看着她负气而去的背影,江灿狠狠拍了拍自己的脑门,"江灿啊江灿!关键时候你怎么犯傻了?!你不知道人家女孩子会很敏感的吗?!特别是钱这种事情!"

因为朱杉是班里四个补助生之一,据说原本是孤儿院里的孩子,后来被人领养走。但不凑巧的是,养父很快生了恶疾,治病花光了积蓄也没能捡回一条命来,从此家里就一贫如洗了。

向来一肚子鬼主意的江灿很快贼贼一笑,说道:"既然她不需要同情,那只好让她同情一下我了!"

于是一周之后,江灿准时出现在了朱杉放学后的必经之路上,就坐在一旁的台阶上,拿着一张用红笔写着大大的五十五的数学卷子,哭得悲痛欲绝。俗话说,男儿有泪不轻弹,朱杉应该会母性大发,可怜可怜他这个学渣吧?

但是,朱杉仅仅在听到哭声的时候,转头看了江灿两秒钟,就抬脚离开了。江灿只得灰溜溜地站起来,把用来招眼泪的大蒜放进口袋里,擦了擦眼睛,就背上书包回家了。

第二天,江灿把那张卷子递给了同桌:"谢谢了。"

"不谢!你真奇怪,怎么不借比你分数高的卷子订正?"同桌随口说了句,收起卷子。

"我倒是想请教一下年段第一呢……"江灿讪讪地说。

同桌拍了拍她的肩膀:"别想了,她可是个冰山女,生人勿进。"

但奇迹就在当天下午发生了,班主任李老师竟然安排朱杉和江灿做同桌,让朱杉帮助他提高学习成绩。于是在众人惊讶的目光下,江灿就这样成为了朱杉的同桌。后来江灿去问过班主任,为什么会突然决定这样做,

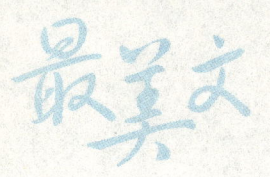

班主任告诉他,是朱杉主动要求的。江灿就知道朱杉面上不说,却放在心上决定帮他了。她果然,一点没变啊……

朱杉是个别扭的好女孩

关于江灿当了朱杉同桌这件事,很多同学都私下猜测能持续多久。之所以会这样,是因为之前每个做过朱杉同桌的人都说她实在太"闷葫芦"了,一天说不上两三句话,无法忍受只能申请换座位。

再加上朱杉向来孤僻,冷冷淡淡的,也不太合群,久而久之,她身边的位置就彻底空了出来。

"谢谢你啊!"江灿趁着课间对朱杉挠头说道,"还有上次,上次我不是故意那么说的……我嘴比较笨!"

"我知道。"朱杉的目光没有离开桌上的书本,只是点了点头,"没关系。"

虽然是"三字经回答法",但江灿丝毫不气馁,使出了浑身解数和她搭讪:"我真的很佩服你啊!居然一直都是年段第一。你都做什么习题集啊?数学到底要怎么学啊?女生学这个很不容易吧?还有——"

朱杉无力叹了一口气,抬起头来,缓缓说:"一个一个问吧。"

终于吸引了她的注意力,江灿露出一个胜利的笑容。尽管朱杉的回答依旧简单,甚至只有摇头和点头,但不得不说,这种交流已经是一个天大的突破了。他这个人见人爱的校草,多少女生对着他花痴啊!怎么可能久攻不下呢?

"哎呀,这道题怎么这么难,可恶!"自习课的时候,江灿对着一道数学题抓耳挠腮。

朱杉很明显听到了,却连眼皮都没抬一下,继续奋笔疾书。江灿又接连抱怨了几句,希望她能主动和自己说一句"我帮你看看吧"。然而,直到下课,她收拾书包离开,江灿都没等到这句话。

"还是没进展啊……"江灿沮丧地收拾着桌面,却突然发现了一个没见过的本子,"这是?"

翻开本子,从第一页到第三页,写的满满都是关于那道题目的解答,步骤很详细,钢笔的墨水还没有干透。他急忙拿着本子追出去,却发现走廊上已经没有了朱杉的身影。

"就说嘛,我江大校草出马,死缠烂打之下,还有化不了的冰山?"

于是那天之后,江灿就开始经常"不经意"地抱怨几句。

"这卷子上的错题不知道怎么订正……"

一节课后,桌面上就会留下一张朱杉的卷子。

"昨天上课睡着了,没记笔记怎么办……"

话说完的下午,课本里就出现了朱杉清秀的字迹。

"哎呦,今天打篮球脚扭了,等会儿放学下不了楼梯了……"

于是这日的朱杉没有像往常一样匆匆离开,而是一声不响地等江灿一起走,就扶着他下了楼梯。

诸如此类的小变化和小细节几乎每天都会发生,有时候江灿会忍不住发笑,原来长大后的朱杉是个别扭的好女孩啊!

时光没有告诉我

时间过得很快,两人开始了各自的寒假生活,暂时没了交集。

"小灿啊!过来一下,你带一下这个新人——"

"经理,我来了!"江灿急忙把餐盘收拾好,进了工作间后愣住了。

因为这个新人不是别人,就是朱杉。

朱杉见到江灿一身服务员的工作服后,脸色也不好:"经理,您去忙吧。我先'请教'他一会儿。"

经理走后,朱杉就直接问道:"你不好好念书补课,来打工干嘛?"

"勤工俭学嘛——"江灿打哈哈地说道,"你不是也一样吗?!"

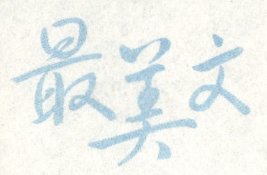

"你知道在高中里勤工俭学代表着什么吗？如果没有必要，谁会愿意在学习上分心？"朱杉并不打算放过他，"和我说实话！"

江灿心想，这大概是朱杉和他说话以来，主动说的最长的一次了。如果不是来揭穿他的，那就更好了。

"好吧。"江灿摸了摸鼻子，"我没有家人，我之前是骗你的。我也是个孤儿，一直到长大都没人领养，虽然吃住不愁，但是学费要自己筹集。你们女孩子嘛，更需要补助。关于补助的名额我就不凑热闹了，所以基本没人知道。"

虽然他的神色坦然，并没有不悦，但朱杉听后却不知所措起来："对、对不起……我不知道……"这么多年，她常常受到恶意的中伤，甚至有时候连她自己都觉得自己是个扫把星，才会让养父……那些或怜悯或鄙夷的目光如跗骨之蛆，时间久了，她只有让自己麻木才能不那么难过。

"孤儿院的院长让我去做过特殊学校的义工，那些自闭症的孩子们，虽然有父母，却无法感受亲人的爱意，更无法给亲人感情上的反馈。"江灿难得认真地说，"而我们，尽管不知道自己的父母是谁，但关心我们的人总还是有的。我们感受得到，也能回报他们的感情，还是很幸运的。"

朱杉仿佛受到了很大的触动，一时没有接话。

"也许你后来经历了很多不愉快，但我不希望你最后变得和他们一样，把自己封闭起来。而且在我的记忆里，你小时候可是个霸气的小女王啊！"江灿仿佛想到了十分有趣的事情，笑起来。

朱杉一怔，小时候？她不记得自己认识江灿啊！

"是啊！你真的不记得我了吗？小时候，我是你的小跟屁虫小山啊！我一直记得，如果不是你，我一定被人欺负惨了！"江灿睁大了眼睛。

"你是——怎么会……"朱杉惊讶得说不出话来，接着突然大笑出声，"哈哈哈……"

她这才想起来，她和江灿应该是一个孤儿院的。那时她可是孩子王，有一日，她看一个小男孩被几个高个子的男孩欺负了，就替他打走了他们，从此他就成了自己的小跟班，跟着自己到处"行侠仗义"。因为年纪小，认字认半边，就叫他小山了。她怎会想到，原来那个又矮又瘦又不起眼的小萝卜头，竟然"男大十八变"成了校草！而且还能反过来计划着接近她，开导她！

"江灿，谢谢你，真的！"

那日之后，两人一笑解心结，寒假努力打工，开学后努力学习。朱杉渐渐变回小时候一样的热情和爽朗，班里同学都愿意来向她请教问题，甚至切磋讨论了。

就这样，高二下学期的期末考试，朱杉仍是第一，江灿竟然破天荒做了一回第二。就像朱杉说的，其实江灿很聪明，只是不上进，只要肯用心，成绩就会很好，两人也一直把这种好状态保持到了高考。

多年之后，江灿打开朱杉毕业时送自己的记事本。最后一页上，她写下了这么一段话：

每个人都是时光这条道路上粗心的旅人，收获良多，失去亦多。然而时光没有告诉我，我在不知不觉中，在它那里遗失了什么。所以，谢谢你告诉我，让我找回本心，学会敞开心扉。希望在未来的生命里，当你有所迷失时，也有人能如此待你。

（原载《初中生学习》（中）2015 年第 5 期）

青春就像一阵浩浩荡荡的风，穿过我单薄的胸膛，是那样的迅疾。错过的已来不及，愿在以后的日子里，这个世界能温柔待你。

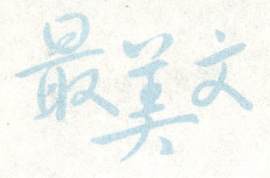

兄弟饭

文 / 李兴海

所有的错过、遗憾、伤痛，不管能不能弥补，能不能被原谅，都会随着人事的变迁而成为必须面对的现实。

——席绢

中学时，我曾有五个最好的伙伴，我们六人彼此形影不离，情似同胞兄弟。逃课一起，吃饭一起，放学一起，就连早恋的时间都是那么默契。

兴许是方言的缘故，我们彼此都喜欢称自己为"老子"。"嘿，你小子去哪儿了？老子找了你一个下午都没找着。""你再说那女生，老子跟你拼了！""喂，把你那本小说给老子看一下。"

我们似乎都想不起来，是从何时染上了这样的恶习。虽然各自觉得这样的称谓方式不太好，但彼此都不介意。偶然不想再说了，不愿再犯这样的毛病，就恭恭敬敬地自称"我"。可只要有人提起"老子"这两个字，就总觉得自己如果不回，便要失了便宜，于是前功尽弃又回到从前。久而久之，索性都不去理会，就这么互相咒骂着，开心着吧。

年少时的友谊永远是那么纯粹，我们可以不顾及对方的身份，家庭背景，甚至不顾及他的过去和名字。

三年高中时候，因为他们的缘故，过得不但飞快而且快活异常。离别时，我们紧紧地抱在一起，彷佛只要松开，其中一人就会被凉风带走。

村里有一种习俗，名叫吃"兄弟饭"。意思是说，你和哪个男生玩得比较好，觉得他可以做你的兄弟，那么就挑一个黄道吉日，请他到家中来，吃一次你父母联合亲手做的饭。这样，你们的友谊就会如同兄弟血脉一般，永世不改。

我们渴望能将这样的友谊延续下去。至少，有生之年不再更变。于是，纷纷提议，在离别前到各自家中吃一次兄弟饭。

我请母亲挑了日子，特意从隔壁邻居家中借了桌椅，静待他们五人到来。这是第一次兄弟饭，母亲细细审视了他们几个人，说了许多感谢的话。最后还叮嘱他们，吃了这顿饭以后，你们便是兄弟了，以后要互相照顾，互相体谅，切不可鲁莽行事，多生事端。

我们端着碗，静静地听着，想着几月后的终须一别，忽然泪流满面。母亲见我们伤怀，哄骗我们说，吃兄弟饭的时候可不能哭，一哭，这情义就淡了。我们只好强忍住泪水。

那顿兄弟饭之后，我们更懂得珍惜彼此了。彷佛，对方真就是自己的兄弟一样。

吃过我的兄弟饭之后，依次该轮到他们五个人挑选日子了。那些天，我们过得很开心，也很彷徨。五个兄弟，就我一人考上了大学，其他五人，正在谋划着如何南下打工。生活的艰辛迫使我们要迅速长大，要面对人生和一些不得已的责任。

每吃一顿兄弟饭，我们就禁不住流一次泪。按理来说，我们应该吃足六顿饭。可事实上，我们六人的兄弟饭，到第四次的时候就无故中断了。

那位皮肤黝黑，清瘦的兄弟，直到今日都不曾请我们去他家里吃过一顿兄弟饭。每次问他为何不请我们吃兄弟饭时，他也是支支吾吾。我们无不以为，他对我们六人之间的感情不以为然。于是，渐渐便淡漠了他。我北上念书时，其他四人皆前来相送，惟独他躲在家中。

由此，我们更加坚定了欲抛他出局的信念。

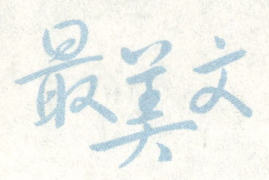

事实上,几年以后,我们还不曾抛却,各自的友谊就已经清淡得只剩回忆。偶尔在村口的小路上碰到,也仅是深情地对望几眼,寒暄几句。

他们已被生活的苦难压迫得抬不起头,或许衣衫褴褛的他们,已无法心无旁骛地与西装革履的我坐到一起再度谈天说地。

后来无意间走到田野中,竟看到当年那个皮肤黝黑,清瘦的兄弟,在广袤的碧绿间播种芽苗。我一眼认出了他,怀着忐忑而又激动的心情前去问候。

他和他的母亲一道辛勤劳作,我挽起裤腿,一面下田帮忙,一面微笑着问:"小子,怎么不叫伯父一起来帮忙呢?"

殊不料,她的母亲竟然告诉我:"哪有什么伯父?他爸都死了好多年了。"我们一直沉默,直到最后别离,也不曾说过一句话。

我忽然明白当年他不请吃兄弟饭的缘因,父母联合同做一顿饭,这个极为简单的条件对于那时的他来说,无非等同于幻想。

当年的友谊,当年的"老子",当年的兄弟饭。我们以为,是给了彼此一生中最为甜美的青春回忆。却不知,有那么一个兄弟,正在被这些绚烂的过去执意伤害。并且,一伤便是许多年。

(原载《语文报》2015 年第 6 期)

也许,每个人的生命里都有那么一个人,因为没有及时地沟通,最后将他抛却在时光之外。天真地责怪是他放弃了自己,最后才发现,是自己放弃了他!

千年才能做兄弟

文 / 王万龙

朋友乃平常亲爱，兄弟为患难而生。

——旧约

一

年少时，每每对着镜子看到脸上那些凹凸不平的印记，便会由衷地恨起他来。

烈阳洒过斑驳的门前，墙外的欢笑如同一片柔软的羽毛，在我的胸膛里不停地挠啊挠。我站在床头，像一个被人遗弃的孩子般，愣愣地想象他们玩耍时的情景。

他的到来，让我有了如临大敌的戒备，他的眼睛乌黑闪亮，朝着门内四处搜寻。在我神情恍惚的情况下，他抱着那块本属于我的西瓜，逃之夭夭了。我的泪水和尖叫，霎时如同受惊的鸿雁，箭不可追。

他在门前停住了，回眸看着我憔悴的脸和烧焦灼的唇，咧着嘴巴问，我可以吃一半吗？我着急地说不行，险些摔倒在地。可我不能追出去，一是身子太虚，没了气力，二是母亲说过，我不能出门遭受凉风，否则，那些密密麻麻的水痘，便会奇痒难忍，在我的脸上留下不可祛除的伤痕。

我追到门槛，便再不敢逾越雷池半步。他看着鲜嫩欲滴的西瓜说，那好，

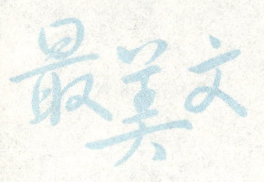

我只咬一口,一口总行了吧?我可是你大哥。我摇摇头,对于孩子来说,他总是不愿拿自己心爱的东西与别人分享的。这没道理可讲,更没有缘由。

他终于还是在那块西瓜上留下了深深的牙印。我看着那块残缺不全的西瓜,哇哇地大哭起来。他扔下西瓜,落荒而逃,墙外瞬时传来一阵欢笑。我心里恨极了,甚至有点责备母亲,为何不把我先生下来,这样我便比他大些,也再不会受他的欺凌。

冰凉的泪水濡湿了面颊,呼呼的风,翻响了门前的树叶。我站在风中,抱着那块受了伤害的西瓜,哭了许久许久,后来,是母亲抱住了我。片刻后,我亲眼看见,他被母亲打得跪地求饶。

其实,那时我已经原谅了他,孩子的恨,总是短暂的。当我见到母亲的皮鞭,如雨点一般坠落在他的身体上时,心里恍然有了莫名的触痛。我说不明白,道不清楚。

后来,他真老实了,拉着我,坐在内厅的板凳上看电视剧《新白娘子传奇》。当屡次听到电视里唱,十年修得同船渡,百年修得共枕眠时,他终于忍不住嚷嚷着问母亲,妈,妈,人家唱的这个到底是什么意思?

母亲说,意思是整整一百年才能修得同床安睡。他笑了,欢跳着出门与母亲顶嘴,一百年才能同床安睡,那我与弟弟这样形影不离,岂不是要和白娘子一般,苦修一千年?

二

我几乎淡忘了那年的事情,后来,依稀懂得爱美了,去照镜子时,才恍然大叫着问母亲,我脸上,怎会有那么多坑坑洼洼?母亲没说话,恶狠狠地瞪着大哥。那时,我已经十岁,有了自己的小伙伴。而大哥,俨然十六,高挺结实,一副大人的模样。

我终于知道,这是那年啼哭所留下的印记。水痘消了,可脸上的疤痕,却如刀刻石壁,再也挥之不去。我隐约觉得,自己的这张脸就要完了，于是，对着青天白日呜呜地哭了起来。我多想有张和大哥一样的脸啊，刚毅而又充满清晰的线条。最重要的是，没有坑坑洼洼的山谷与丘陵。

母亲说，会好的，会好的，我心里便依稀有了希望。不知从何时养成了一个习惯，每次吃完饭，擦好药，都得跑去镜子前看看，看那些山谷与丘陵到底平缓了没有。

事实证明，母亲的预言并不可能实现。直到我足足十六岁，那些深刻的疤痕，依旧还是没能褪去。此时，大哥已经不再念书了，整天和一帮游手好闲的混混勾搭在一块。母亲伤透了心，不止一次对我说，要好好读书，这个家就靠你来争气了。

我和大哥成了两条泾渭分明的河流，我再不叫他大哥，而他，亦不曾再主动找过我。我跟母亲说，为了节省出更多时间投入高考，我必须住校，母亲没有反驳。之后归家，我便由原来的一日一回，变成了一月一回。

实质，我出来的主要原因，并不是因为学习，而是不想和大哥住在一起。每当我看到他和那帮来历不明的家伙搅和在一起时，心里就腾满了烈焰。我多想上去，照着他的鼻孔狠狠地来上一拳，告诉他一些做人的道理。可后来想想，还是没能去做，我知道，我们陷入了两种截然不同的人生格局。

当身边的少年们陆续接到了异性的信件时，要强的我终于慢慢开始承认，自己不过是一个自卑而又怯懦至极的孩子。

我时常在想，如果我的脸上没有这样那样的伤痕，是否就能像周围的伙伴们一样，气定神闲地和漂亮的女生坐在校门前的奶茶店里闲谈？或者，在回家的路上故意抬起那张纯真帅气的脸，引来陌生异性的注视？

三

我对大哥的恨，在少年逐日成长的时光间隙里，慢慢地膨胀起来。我

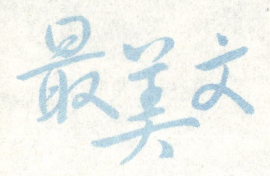

拼了命地读书，目的只有一个——远远地离开他。

事如所愿，我终于考进了一所北方的大学。临行前，他召集了许多狐朋狗友来家里庆祝。母亲忙得不亦乐乎，显然忘了他们的身份。

那夜，他喝得烂醉如泥，紧紧拉着我的手，一遍又一遍地跟我说对不起。后来，想必是酒劲过了些，才喃喃地跟我说了两句离别的话。他说，去吧，家里一切有我呢。不知为何，原本极为愤恨的我，竟因为这句话，簌簌地落起泪来。

九月的站台下，母亲独自一人前来相送。她说，你不知道，你大哥这两年变了，你住校没有回来，一直都是他和那些朋友在帮我操持家务。尤其是最近半年，他听说你考大学，整日早出晚归地打工才凑够了这笔钱做你的学费。

我接过母亲递来的银行卡，再次忍不住落起泪来。我不知道，该如何审视我与他的关系。是该做一对极为熟悉的陌生人呢？还是该亲切地称他为大哥？

我很想对母亲说帮我谢谢大哥这句话，可挣扎了半天，还是没能说出口。大哥这两个字，已在我的世界里模糊了许多年。

到校不久，便听到他南下的消息，母亲成了我与他之间的传话人。偶然，电话里，母亲会说，你大哥要你注意身体，北方的冬天可冷了！听说能把人的鼻子都冻坏哩！我在这头嘿嘿地笑，泪水泛出眼眶。默默地说，大哥啊，南方的冬天也不暖和啊！

我跟母亲说，学校有助学贷款的政策，我完全可以贷款读书，毕业再还。母亲匆匆挂了电话，片刻后，又打了过来，焦急地说，你大哥不同意，他说了，家里还有他呢，怎么能让你没毕业就背上一大笔债？

某月，卡里生活费忽然多了大半，我打电话询问母亲，母亲说，你大哥非让我给你寄那么多，他说，现在的年轻人，大都已经恋爱，出去吃个饭什么的也是平常事，总不能老花人家姑娘的钱……

我握着话筒，呜呜地哭起了来。我的大哥啊，今年已经足足28岁，却因为我的学业和生活费，迟迟未娶。

大哥这一去便是整整四年。期间，他没有回家半次。他跟母亲说，回家的路费，都够小弟一月的生活费了。

四

大学毕业后，我亲自南下接大哥回家。他老了许多，三十不到，发隙间便出现了雪白的痕迹，眼角也有了微微泛起的鱼尾纹。那双粗糙的大手，如同铁钳一般生冷而又坚硬。

归家前，他叫了几位熟悉的工友，在附近的餐馆里庆祝我大学毕业。他如同当年一般，喝得烂醉如泥。半夜，他搂着我的肩膀说，咱们家终于有位大学生了！总算熬出头了！

年后，我硬拖着他去合影留念，他换了一身比较平整的西服，而我，则穿了一件时髦的T恤衫。付款时，摄影师客气地说，你们是叔侄俩吧？长得可真像！都说外甥多像舅呢，看来一点儿也不错！

我侧过头看着窗外的马路，忽然不知该说些什么，心里恍然扬起了愧疚的汪洋。大哥兴许是看出了什么，拍拍我的肩膀故作幽默地说，看吧，还是我比较成熟吧？

路上，我看着大哥结实而又卑微的背影，眼眶一片湿润。如果说，大哥曾用一种恶作剧的手段，无意毁坏了我的容颜，那么，我是否也在无形之中，变本加厉地向他索要回来了呢？

两年后，我结了婚，妻子就是当年大学里的恋爱对象。母亲说，按照习俗，大哥没有结，我是不能结的。可大哥却极为不悦地说，这有什么？谁早谁晚不都是要结？何必争个先后？再说了，小弟结了多好，这一结，咱们家可就有两位大学生了！

我拗不过大哥，领着妻子进了家门。宴席那天，主持人说让乐队演奏个新婚曲目，用于背景音乐，得喜庆一点儿的。妻子提议用结婚进行曲，我说，还是用《新白娘子传奇》里面的主题曲吧。

结婚那天，我和大哥听着《千年等一回》，不约而同地泪水涟涟起来。我跟妻子说，新婚的第一晚，我必须陪大哥睡。妻子深知我和大哥的过往，欣欣然答应了。

当夜，我和大哥又睡到了同一张床上。我拉着大哥的手问，哥，你还记得当年你跟咱妈说过的话吗？百年修得共枕眠。可这兄弟，却是要修得千年方才能做啊！

（原载《语文周报》2015年第7期）

渡尽劫波兄弟在，相逢一笑泯恩仇！感谢生命中那个与你血浓于水的平辈男人。

少年错

文 / 一路开花

十年别泪知多少,不道相逢泪更多。

——徐熥

中考过后,周小勇拿着一本厚厚的同学录来找我,我永远记得那天他泪流满面的模样。我们共同以为,这一次的分开,便是永久的别离。我们会像其他中学里的死党一样,被命运残忍地抛开,在不同的集体里认识不同的人,并结成新的死党。而后,对这一段含泪带笑的回忆置之不理。

我有些哽咽,我没说话,伸手将同学录翻到最后一页,用黑色的签字笔写下了"友谊长存"四个字。这四个字像一个快要消散的梦,让我们彼此伤感。

天意弄人,两月后,我和周小勇又在同一所学校的男生厕所里狭路相逢了。他的瞳孔无限扩大,面目狰狞,就连嘴巴里那根宝贵的劣质香烟都颤抖得掉落在地。

恼人的上课铃声阻断了我们的高谈阔论,周小勇一面小跑着赶往教室,一面回头嚷嚷着让我放学等他。放学后,我在校园小卖部的门口手握两根伊利雪糕,神情呆滞地守望着高一部的教学楼。

周小勇仍然是个倒霉蛋,他刚呼哧呼哧地跑出来天上便下起了濛濛小雨。周小勇说,在雨中潇洒漫步吃雪糕的男孩帅呆了。为了追求这个虚无缥缈的帅字,我放弃了一切可以骗到伞的机会,陪着身体臃肿的周小勇慢

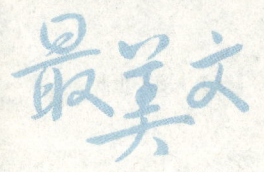

慢地走在雨中的小路上。

事实上,不到五分钟我便和周小勇成为了这世界上最衰的花季男孩。瓢泼大雨不但将我们手中的雪糕一扫而光,还创造了两只一胖一瘦的"马路落汤鸡"。

正当我和他嬉笑着走上铁桥时,忽然从雨中传来了微弱的呼喊"救命"的声音。先前,我们都看过一些以声索命的恐怖故事,因此对于这种情况不约而同地保持了沉默。

呼救声越来越大,那歇斯底里的哭喊,让人闻之心碎。我和周小勇先后停在了铁桥上,凭高四处搜寻着落难者的所在地。

稠密的雨线阻挡了我们的视野,呼救声在雨中变得越发焦急、恐惧和混乱。因雨打江面的缘故,我们实在找不到声音的发源地,只能靠肉眼在有限的范围里迅速搜查。

终于,我看到了那个沉浮生河里的求救者,那是一位身穿蓝色校服的女孩。

她瘦弱的身躯在浑浊的河水中摇摆,仅露出一副雨泪模糊的面孔。冰凉的河水扑打在她的脸上,将她卷入湍急的河流里。水花过后,她又借着杂树的力量艰难地将头顶出水面。她的双手,始终不肯松开低垂到河岸上的枝干。

周小勇的怒吼使我打了一个冷颤,他紧锁眉头,朝我大喊了一声救人后,独自跳入了河中。女孩的双手虽然依旧紧拽枝干,但身体却在一点点向内偏移。如果树枝撕裂的话,她势必会被湍急的河流卷走。这样的故事,我和乐天派的周小勇都听过不少。

看着周小勇在河中奋力扑游的背影,我始终都没有勇气跳下去。我在想,如果连我也跳下去了,那谁来拯救翻滚在河流中的我们?

事实正如我想象的那样,笨拙的周小勇在此刻的河流中完全不堪一击。他的衣服在浑浊的河面上一起一落,一隐一现。如果我跳下去的话,情况可能会稍好一点,因为我的游泳技术远远胜过周小勇。

大雨中的河流像一条腾跃的长龙,吞噬了紧紧抱在一起的他们。树枝已断，一切恍然成了定局，不容我再有丝毫权衡的余地。

直到树枝最后断裂，周小勇朝我挥手求救的一刻，我都没有勇气纵身一跃。骨子里的懦弱和自私，让我在瞬间恨透了自己。

事情并不如我想象的那样，一个雨天撒网的农夫在半路拦下了他们。

之后，我去了另外一所学校，而周小勇，再也没来找过我。我们那份"万古长青"的友谊，如同那天救命的树枝一般，在悲绝的呼喊中混入了奔腾的河流。

岁月一路匆匆呐喊着在我耳旁飞过，此刻的周小勇，早已沦为劳动市场的板车夫。他时常出现在我所居住的小区楼下，帮搬迁的用户驮运家具。每每从窗外看到他，我的眼前都会闪过一条浑浊的河流。我再也没向我的后辈们提过"勇敢"二字。

命运总是将我推到荒唐的剧情中去，我亲眼看着板车上的绳索忽然散开，一个笨重的衣柜顺势滑落，将弯腰行进的周小勇砸倒在地。

背着昏迷的周小勇往医院狂奔的时候，我有种赎罪的坦然。这些年，我只要闭上眼睛，就能看到那天他们两人的双眼。我想，如果时光再给我一次机会的话，不论生死，我都会随他而去。

周小勇醒来的时候，到底认出了我，他的原谅在嘴角慢慢扬起。我才说了一句"这些年我过得好苦"，便抱着他布满勒痕的肩膀，嘤嘤地哭了起来。

（原载《考试报》2014年第8期）

年少的我们，勇气跟胸膛一样孱弱而单薄。对不起，在你需要我的时候我竟那般懦弱，可是在以后的日子里，我受尽了良心的谴责。幸好的是，最后我们再次相遇！

第二辑

让心里贮满阳光

　　明着较劲儿是向上的阶梯,朋友之间不在乎是他给予了你,还是你给予了他。重要的是,你和朋友能享受到精神上的共鸣,能获得随时随地想起他们时的舒心和快乐。如此,你会珍惜他们,从而珍惜自己,让你充满信心与力量,与朋友一道前进,一并提高。

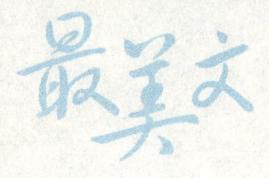

朋友是"明里较劲儿"

文/段功蔚

看你的朋友，就可以知道你是什么样的人。

——米格尔·德·塞万提斯

友谊真好，知道有人在爱惜自己，在别人的生活中、脑海里有着自己的位置，这样的感觉往往是奋斗的力量源泉。

如何可以与朋友加强这种生活的力量和幸福感，只要有心，就能如愿以偿。很多时候，朋友会是竞争对手，在明里较劲儿这就是"有心"，因而会让你力量无穷。

从念大学开始，陈坤和赵薇就是好朋友。有人说，他们成为朋友是"一起讨论"来的，不，很多时候不是"讨论"，而是在吵架。可以说他们的常青友谊之树，是在吵架中成长起来的。

由于谁也不用顾及对方的态度，讨论着，双方的声调就高起来了，火药味越来越浓烈，于是开始激烈争吵。他们在讨论或争吵时，并不顾及周围其他人的态度。如在拍摄《花木兰》时，只要有空两个人就凑在一起讨论起来。

在别人看来很"无聊"的东西，他们却都能滔滔不绝地说下去，说着，又变成唇枪舌剑。怕沾上"火星子"，周围的人避之唯恐不及。又如在拍摄《画皮》时，那天，他们又凑在一起，谈表演的问题，对艺术进行探索。谈着谈着，如拨云见日，为心中的疑惑扫去而眉飞色舞。

随着问题的不断深入，又有新的疑云布满心头。"三时大笑开电光，倏烁晦冥起风雨"，接下来，便有一个观点不合，一个说："这个不对，你懂个啥！"另一个也针锋相对："你说得一点也不对，你懂个啥！"吵着，一个拍起了桌子，谁甘示弱？另一个也拍了一下桌子。

大家没见过这样的阵势，全都吓跑了，黄岳泰被吓走了，孙俪也被吓走了，好多人都被吓走了。就剩他们两个人，电闪雷鸣，龙争虎斗。

时候不早了，导演高声说："请各位回家！"他们上了各自的休息车，还没坐稳，就开始互相发信息："啊，没事吧？""没事！"霎时风停雨歇，云开日出。

第二天，黄岳泰和孙俪还以为他们已割袍断义地绝交了，结果看到他们俩没事人一般。黄岳泰说："哎呀，我头晕！"孙俪说："啊，我也是！""你们头晕是你们自个儿的事，可我们从来都是船头吵架船尾和好。"赵薇、陈坤在心里头这样说。

拍摄《画皮II》的时候，陈坤、周迅、赵薇三位好友再聚首。因为《画皮》的成功，几乎所有的人都对他们的组合充满着期待。这个没问题！拍摄还没开始，他们各自向对方下了"战书"："大家都要努力，我们是好朋友，好朋友就要互相扛上哦，都要超过对方哦！"

就这样，每个人在角色上都憋着一股劲儿。周迅在拍摄这部戏以前，曾和梁朝伟、刘青云拍了一部《大魔术师》，她不断在超越自己，这次的表演，堪称出神入化。

赵薇则不一样，这两年，她结婚生女，经历了女人应该有的生活。这些经历让她有了更为开阔的人生视野和追求，这些又会投射到表演上，因而赵薇的表演更是令人刮目相看。

在拍摄的过程中，她总在找东西、找感觉，不断地探索。很辛苦的武打戏也不要替身，破皮、流血，鼻青脸肿也一定要自己做。

一个个都要比对方演得好,各自又给了对方正面的动力。对于赵薇的表现,陈坤说:"哇!这两年你跑到哪儿修行去了?精进不少,我可要迎头赶上啊!"对于周迅,陈坤和赵薇则说:"她已经提高成这样了,我们加油吧!"周迅也说:"坤儿,你演得真的很好!"

朋友是明里较劲,让人想起了镜子,可不是,陈坤说,好朋友就像一面镜子,能照见自己的不足。虽说有可能让你不舒服,但这种照见,能让你回首自己走的路,让你每一个足迹都比上一个更稳更深。

好朋友是一面镜子,是明着较劲儿,这是说朋友并非就一味地对自己好,必须跟自己谈得来,而是通过朋友,好好擦拭自己,不让朋友看到自己的灰头土脸,而对方也常常在擦拭自己。这样,朋友之间就能以最抖擞最光鲜的精神面貌相互交流。

明着较劲儿是向上的阶梯,朋友之间不在乎是他给予了你,还是你给予了他。重要的是,你和朋友能享受到精神上的共鸣,能获得随时随地想起他们时的舒心和快乐。如此,你会珍惜他们,从而珍惜自己,让你充满信心与力量,与朋友一道前进,一并提高。

(原载《语文报》2013年第8期)

近朱者赤,近墨者黑,好的朋友就犹如镜子一般,时刻展示着我们的不堪和懒惰。还因为他们的存在,让我们有了比较,进而学习,有了进步。

和谐才能幸福

文 / 文小圣

和谐是爱与恨结合起来的庄严的配偶。

——罗曼·罗兰

有这么一个故事：以前，在一个海岛上有很多的大颗珍珠，可是由于海上风浪险恶，并且到处是漩涡，人们都无法接近那个海岛，只有栖息在海岸附近的海鸟才能飞过去。这些海鸟喜欢吞食珍珠，于是，很多人便开始猎杀海鸟，然后取出珍珠拿去贩卖。时间一长，海鸟的数量越来越少，甚至濒临灭绝了。

剩下的极少数海鸟对人类恐惧不已，只要一听到人的声响，看到人的踪影，就会马上飞离。后来，有一个商人来到这儿，他在海岸附近买下了大片树林，并在树林周围安上栅栏，不让闲杂人走进他的树林。同时，他严厉告诫他的仆人，不许在树林里驱赶海鸟，更不许捕杀它们。

没过几天，就有海鸟在惊慌逃窜中不经意地闯进了他的树林，海鸟们发现这里是安全地带后，便逐渐习惯于来这片树林里栖息、生活、繁衍。商人让仆人将各种美味的食物撒在树林里，让海鸟们来吃。那些海鸟吃饱后，便将腹中的珍珠全部排了出来。于是，商人获得了很多的珍珠，海鸟经常在海岛与他的树林中往返，商人积累的珍珠也越来越多，成了远近闻名的大富翁。

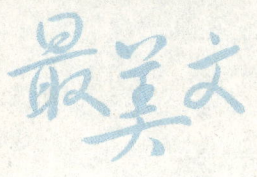

有的人只顾眼前利益，喜欢"杀鸡取卵"，这样的人虽然能暂时占到一些小便宜，但他的财富却走不远；而有的人则相反，他们能够做到"放水养鱼"，这样的人着眼于长远，道路也会越走越宽。

人们常说："和气生财。"这句话虽然通俗平淡，却蕴含了深刻的人生道理。因为和气，才能与人融洽相处；只有与人相处融洽，才会彼此以诚相待，长久合作，使自己的财富越积越多。做生意，讲究与合作伙伴握手言欢，讲究对顾客服务周到，这些都是以和相处的应有之义。

在人生之路上，我们也要重视"和气"，以和为贵，以和铺道，这样的人生道路才会平坦顺畅。

(原载《考试报》2015年第36期)

中国人讲究"和气生财""以和为贵""家和万事兴"等，和字展示了一种与世无争、与人无争的境界。一个柔软的人，心胸会犹如大海般宽广。

与你青春相伴

文 / 安心

> 友谊有许多名字,然而一旦有青春和美貌介入,友谊便被称作爱情,而且被神化为最美丽的天使。
>
> ——克里索斯尔

你的信来了,可我舍不得马上拆开来看,我怕匆忙的浏览中会让这份惊喜不经意间流失,我舍不得。我想象着你信中会说些什么,想起的还有那些与你青春相伴的往事……

一

我是班上很不起眼的女生,长相平凡,性格内敛,成绩也不好,坐在靠窗的角落,一如我人生的沉默。

你是那么耀眼的明星,成绩好,长得也好,是老师宠爱、同学爱戴的好班长,每次你一上篮球场打球时,所有女生都会把欣赏和爱慕的目光盯着你。你个头不是很高,但敏捷的身手,准确的三分投篮还是博得阵阵掌声。我一直都只是远远地观望,在成为你的同桌之前,我们也没讲过几句话,对吗?

高三时,重新排座位,我万万没想到,老师居然会把我们安排在一起。刚开始,我曾以为,你也会像其他成绩优秀的同学一样根本不搭理我。在你把书本搬过来时,我故意背对着你,漫不经心地把头转向窗外,

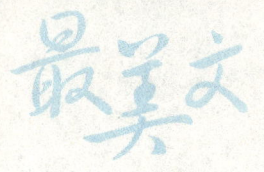

眼睛倦倦地望着在天空盘旋的鸽群。我没想到,你居然会拍拍我的肩膀说:"丁微,以后就是同桌了,一起努力!"

我怀疑自己的耳朵听错了,你会先向我打招呼?转过身,当我看见你灿烂而调皮的笑容时,忙尴尬地点头,也努力挤出一丝笑意,而心里却是抑制不住地激动。你永远都不会想到,在这所市重点中学,你是第一个主动对我说话和微笑的同学。

以前,由于成绩不好,班上的同学都排斥我。个头不高的我,一直就坐在教室最后一排。虽然我很努力地学习,但每次都排在名单后面的成绩还是拉了班级的后腿,同学讨厌我,老师也不喜欢我。

在班上,我从来没有自己的朋友,每天都习惯一个人独来独往。每次看着身边的同学一脸欣喜地聊天、说笑时,我就特别羡慕。也曾主动去与同学搭话,但那个成绩很好的女生只是白了我一眼,说:"你懂什么呀?"然后转身走了。渐渐的,我学会了安静,学会了默默承受和面对。在这所我格格不入的市重点中学,我知道我是多余的人。

要不是遇见你,与你同桌,以我当初的成绩,就像老师说的,我肯定考不上大学。

二

高三的第一次数学小测,我的成绩又是不及格,而且全班最低。数学老师当着全班同学的面说:"丁微,只剩下一年了,能上什么样的学校,就看你自己了。你父母挣俩个钱也不容易,你要好自为之。"我低头不语,这样的批评从来没有停止过,听多了,也习惯了。我知道老师是为我好,我也知道我的父母挣钱并不容易。

没想到放学时,你会悄悄对我说:"让我帮你补课,好吗?"我愣愣地望着你,不知该如何回答。一个前桌的男生突然转过头来,阴阳怪气地说:"就她这成绩,补了也白忙,还不如帮帮我。""你闭嘴!你成绩很好吗?"你厉声说,吓得那男生马上缩回头跑出教室。

"谢谢你！他说得没错。"说完，我沮丧地走出教室。教室外有大片的阳光，照在身上暖洋洋的，但我的心却禁不住寒战。面对即将来临的高考，我真的努力了，却一点成效都没有。走在路上，我浑身一点劲都没有，看着熙熙攘攘来往的人群，我突然感觉自己特别孤独，泪水，悄然滑落。

"擦擦吧，让人看见了，要笑话的。"一张纸巾递在我面前，转过头看见是你时，我忍不住斥责他："你跟着我干什么？看笑话吗？"说话从不大声的我，却在你面前大声疾呼，而泪水再也控制不住地倾泻而出。

你拉我去了附近的小公园，坐在光滑的石头上，你一直盯着我看。"看什么呀，没看见我在哭吗？"我不悦地说。"你哭的样子挺汹涌的。"你认真地说，逗得我禁不住笑了起来，有你这么形容人哭的吗？

看我平复了情绪，你说起了你的故事。我真的没想到，表面风光的你，原来也有那么难堪的过往。"每个人都有自己的优点，放大优点，人就会自信一些。高考并不能决定整个人生，但既然参加了，就得用心准备，这样就不会后悔……"你说得很慢，像在讲别人的故事，但每个字都深深地烙印在我的心上。

你告诉我要坚强，告诉我不能轻言放弃。望着你清澈的眼睛，我认真而肯定地向你点了点头。

三

你除了教我学习方法，还帮我制定了详细的复习计划，每天放学，你都会留下来帮我讲解难题。班上风言风语渐起，最后就连老师也来找你谈话了。

我不知所措地面对这一切变故，虽然成绩已经有所起色，但内心的惶恐还是超过了喜悦。我怕自己会影响你，你是要考重点大学的，是学校的保护对象，而我早已经被老师们放弃。在这里，我只是寄读，最后还得回原学籍参加考试。

"真厉害，一只闷葫芦居然也能把我们的大班长迷得晕头转向，真是不

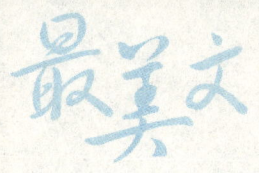

叫的狗咬人最狠。"一个平时就看我不顺眼的女生在班上大声喧哗。所有的人都跟着起哄,他们指着我的脊背说东道西,说我勾引班长,说我不知天高地厚。

"你们瞎说什么呀?大家不是同学吗?"你站起来反驳,但声音很快就被他们淹没了。我倔强地不流泪,直挺挺地坐着,心里却是一片荒芜。

我以为我隐忍着,大家会淡忘这些事。虽然我们之间只是正常的交往,但是谁又会相信,在这高考前夕的关键时刻,有人会愿意花费自己的时间去帮另一个同学补课呢?谁不在争分夺秒地学习呢?你的好心好意没有人理解,也没有人相信我们是纯洁的。

我拒绝了你的帮助,但你依然如故,每天放学都把我留在教室,问我还有哪不懂的。我说我都懂了,躲闪的眼神没有逃过你的眼睛。"你说谎!为什么逃避?我们做错了什么?"你生气地质问我。"我的事以后不需要你管!"我冷漠地说,心里一阵刺痛,我真的不想你因为我面对那么大的压力。

"你真这么想的?"你愤怒地盯着我问。"是!"我低下了头,没有勇气对视你真诚的目光。"好!那就这样吧!"你忿忿地摔下书本跑出了教室。

突然形同陌路,虽然我们还坐在同一条凳子上,但我们再也不说话了。那段日子,我又回到了从前,回到了一个人独行的日子,但我不再惶恐不安,我每天用你教我的学习方法上课、复习,每天都记得你告诉我的:坚强面对,不轻言放弃。

高考前三个月,我回到了原学籍的学校。

虽然同在一个城市,但我们没有机会见面。时常会想念你,想念时我心里就充满力量。你的学习方法是有效的,按你帮我设计的复习计划复习,我的成绩稳步上升。在那所普通高中里,我的成绩渐渐地排在了年级前30名。成绩的提高,也提高了我的自信,每次有老师表扬我时,我心里想到的,只有你。我知道,没有你,就没有这一切。

紧张的高考终于如期而至,我发挥稳定,考上了一所二本大学。我一直想知道你的消息,但无颜打听。离开那所重点中学后,我再也没有回去过。我知道,那里从来都不属于我,只是,在那里遇见你,是我人生中最幸运的一件事。你就像寒冷中的火光,给了我整个冬季的温暖。

四

握着你的信,我一个字一个字地认真读着,生怕遗漏了什么,心里暖暖的,像是燃烧着一团火。

"丁薇你好!辗转打听才得到你的地址……与你同桌的那段日子,在你身上,我看见了一种坚韧。你的眼中总是布满浓浓的忧郁,我知道,你其实很努力了,但方法不对,成绩老是上不去。每次发卷子,看见你脸上悲伤的表情我就会难过。虽然一次又一次都考不好,但你还是努力着……与你熟悉后,特别是那次在小公园里,了解了你的心思后,我就决定帮助你。我不想看见你流泪,真的,你流泪的样子很汹涌,那叹息声就像阵阵潮汐……你离开后,我的心很乱,不知道你会不会按我的复习计划去做……青春岁月只是一把平白直溜的尺子,很短暂,走过了,就不会有回头路,即使再相遇,我们也不会再是原来的我们了。要记得努力,我们说好了还要考上好大学的……"

字字句句,仿佛你在面对着我诉说。

我曾以为,我离开后,你就会把我遗忘,只有我一个人会记得,但你没有。在这段孤独的青春岁月中,只有你陪伴过我,给过我鼓励和帮助。

(原载《语文周报》2014年第31期)

感谢生命中那些笑容宛如阳光的男生,遇见他们就像遇见了自己的白马王子,即使后来远隔天涯,各自为安。但是那段陪伴自己的日子却是一生的财富!

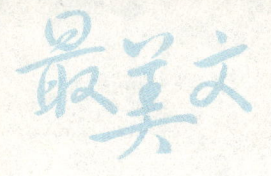

怀念高中岁月

文 / 冠豸

> 青春时代是一个短暂的美梦,当你醒来时,就早已消失得无影无踪了。
>
> ——莎士比亚

一

舍友把秦川的信递交给我时,我正一个人昏天暗地躲在宿舍里玩《三国杀》。

这个陌生的南方小城,初来乍到我就先生了一场病。这里不是我想来的城市,这所学校也不是我理想中的大学。我没有脱离高中,初入大学的喜悦。

我的高考成绩还算正常,上了一本线,还多了7分,但报志愿时,却和父母发生了强烈的冲突。父母不让我报自己喜欢的动漫专业,他们希望我学医。我对学医一点兴趣都没有,但父母根本听不进去。一赌气,我就随便报了几所我的成绩难以企及的但名字很响亮的学校,最后却被调剂到这里来了,而且依旧没有念上自己喜欢的专业。

感觉自己被命运玩弄了。我喜欢的城市,我向往的大学,我热爱的专业,无一能够实现,于是我"破罐子破摔",成天沉溺于网络游戏中虚度时光。

二

秦川的成绩原本和我不相上下，但高考时，他发挥出色，足足比我多考了26分，虽然也没上重点线，但一本院校能选择的范围比我大。最重要的是，他的父母尊重他的选择，他想报什么大学、专业，都由他本人选择。

高考前，我们约好一起考北京的大学，那时候，我们怀揣梦想，斗志昂扬。虽然高考前的生活如炼狱一般，但有梦想支撑，我们无怨无悔。

我和秦川是同桌，更是同一宿舍上下铺的好兄弟。秦川的家在农村，他当时能考上我们市最好的高中，全家人都很高兴。特别是秦川的父亲，那个当了一辈子煤矿工人的男子，他捧着秦川的高中录取通知书泪流满面。这些是听秦川说的，他当时还说："就算是为了父亲，我也要好好读书。看着父亲流泪的眼，我真的很心疼，我希望他开心，希望他能够以我为荣……"秦川对我说这话时，眼眶中噙着泪，声音哽咽。

他的真挚感染了我。我喜欢他的真诚和坦率，跟他在一起永远没有压力，而且秦川还很会唱歌，模仿阿杜的声音特别像。

我和秦川都很努力，但在这所省重点高中里，强手如云，我们的成绩都只排在中等，但三年里，我们一直卯足劲儿努力学习。就像老班说的，不到高考成绩揭晓的那一刻，一切都是未知数，最后能胜出的，必定是那些有恒心和毅力的同学。

我和秦川一直把老班的话奉为信条，我们都知道自己不是最优秀的，但希望自己是那个最有恒心和毅力的，高考我们志在必得。

学习累了，我就会想放松自己，但每每看见秦川还在努力时，我就又会捧起书本继续看书或是拾起笔努力演算那些复杂的方程式。只有每天晚饭后的一段闲暇时间里，我们才会爬上教学楼顶层，迎风高唱那些我们热爱的歌谣，让紧绷的神经松弛下来。

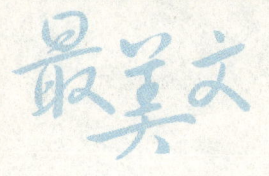

我们都有自己的梦想,为梦想努力前行,痛并且快乐着。

三

升高二时,文理分科,班上的大部分女生都选择了文科,而男生却是一窝蜂地选择了理科。其实秦川原想选择文科,他的作文写得好,但英语又是他的弱项。左思右想,他最终决定选理科,虽然他的化学糟糕得一塌糊涂,但我的化学不错,承诺会帮他补缺补漏。

我的各科成绩比较均衡,无论学文学理对我来说都一样。让我们意想不到的是,高二分科,学生重新分班,我和秦川不仅是同班,而且还继续同桌。我们学着相声里说的"缘分哪"击掌相庆。

高中三年,我们同班,同桌,还是同宿舍,上下铺的关系,因为这些,我和秦川成了形影不离的好朋友。当然,关系再好,也会因为意见相左产生分歧和争执。但秦川很大器,他心胸比我宽,每次都是他主动和好,而且从不让争执隔夜,有什么事情都是当天搞定。他说:"朋友间最怕误会,事情说清楚就好了。"

我以前老爱懒床,不拖到上课铃响都舍不得起床。和秦川上下铺三年,他就像上了发条的闹钟,早上六点准时起床,顺带也把我从被窝里拽起来,拖着睡眼惺忪的我一起到操场跑步。

刚开始时,我就闭着眼,紧跟着他的脚步声往前跑,那个时刻里,我是能多眯上一会眼也觉得幸福。秦川笑话我是"睡不醒的猪",我照单全收。

记得有一次,秦川家里有急事,请了半天假,晚上不在宿舍睡,第二天早上,其他同学去教室时也没叫我,我居然一觉睡到大中午,等秦川回学校时才被他叫醒。因为那事,我和宿舍的同学吵了起来,但他们说我活该。我原来觉得自己人缘不错,但那次的事情后,我明白,在这个宿舍里,我只有秦川一个朋友。

重点高中里，竞争厉害，大家都互相提防，明明奋笔疾书写作业到关灯了还点着蜡烛用功，去到教室又要假惺惺地说自己昨晚早早上床睡觉了，作业也不想做。我想不明白，这样睁眼说瞎话有什么意义？用功学习，丢人吗？

特别是宿舍里一个叫"大壮"的同学，那努力程度都快达到"废寝忘食"的地步了，还总喜欢说自己从来不用功读书，告诉别人什么游戏最好玩，什么QQ群有很多女生，让别人加入。

这种人我最反感了，蛊惑别人去玩，而自己抓紧时间学习，以为这样就能把别人超越。明明会的题，他也不愿意教别人，还总是询问别人这样那样的难题。我一眼就看穿了那些人的"虚伪"面孔，不就是怕别人赢吗。我后来告诉秦川，对别人不需要那么热情，因为人人都自私。面对高考，彼此都是竞争对手。

"参加高考的人那么多，又不只有我们学校，有必要吗？"秦川说。我笑笑，不想和他争辩。我和秦川是互相帮助的，我们取长补短，互相学习。

大家都在努力，谁也不会拿自己的高考开玩笑，选择上高中，就是希望能够考上一所好大学。我原来上了几年的动漫兴趣班，但上了高中后，这个爱好就中止了，我想等考上大学后再继续。我明白，真喜欢一样东西，不在于一朝一夕，目前的关键就是考上一所自己想去的大学，学自己喜欢的专业，这样就圆满了。

四

高考结束后，我们班开毕业典礼。那次活动可以说是一次真情流露的时刻，毕竟高考了，毕业了，以后大家各分东西，想在一起也不是那么容易。人生很多时候就是这样，只有临到分手才想要珍惜。

等分数出来的那些天，我天天和秦川在一起，我们一群同学邀着去

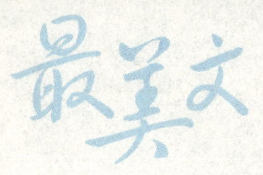

东家逛西家,好不热闹。但分数一公布,情况就变了。考得好的,欢呼雀跃,呼朋引伴;考得差的,就躲在家里,不愿意见人了。

我的情况不好不坏,但一想到秦川比我高了那么多分,心里就不是滋味。这家伙考完试时,还口口声声对我说考得不理想。那段日子,于我是一种煎熬,报志愿也不如意,和父母产生了冲突。

秦川来找过我,但我躲在房间不愿意见他,我谁也不想见,心情烦乱。但心底里,我又想见到秦川,和他说话,可我固执地认为他对我不够坦诚。我总是把自己最真实的情况告诉他,可他却对我留了一手。

随着录取通知书的到来,紧接着就开学了。我在QQ上从其他同学那里了解到,秦川终是报了我们曾经都很向往的北京的大学,报的专业正是他自己喜欢的。不可否认,我很羡慕他,还有一些嫉妒。他顺风顺水,一路开花,而我却惨兮兮的。

五

在新的大学校园里,我一个人也不认识,身旁再也没有秦川,我们之间的缘分到头了。只是很多时候,走在校园小径,我莫名地就会想起秦川,想如果我们现在还在一起那该多好。

这座空气里总是充溢着潮湿气流的南方小城不是我想来的地方,这里没有长城,没有故宫,更没有秦川,我们之间已经相隔万水千山。在新的校园里,他一定如鱼得水吧,性格随和的他一定过得快乐无比。

在看秦川寄来的信时,窗外正飘着细雨,迷茫一片。我坐在宿舍的床上,从七楼的高度往下看这个绿荫笼罩的校园,心里感伤暗涌。秦川知道我的手机号码,但他选择了用写信的方式与我交流。

我很感谢秦川,他知道这是我最喜欢的一种方式,他的信是我至今为止,收到的第一封手写信。我喜欢收信的感觉,看着信纸上熟悉的龙飞凤舞的行书,那种感觉特别真实和温暖。我不怕联系不上他,只怕彼此之间少了以前的默契和真诚。

"找回最初自信满满的你,我喜欢你那样……"秦川在信上对我说。他应该是知道我躲着不见他的原因,所以他才会说"嫉妒好朋友不是你的强项,不要再折磨自己了。开心点,上了大学又是一个新的起点,继续努力!你还有机会去实现你当初的梦想,加油!"

秦川不擅长安慰人,但他的话句句在理,看了,我了然于胸。我才不会轻易认输,大学才开始,不是吗?再努力四年,我一定可以改变现状,我要找回自己——曾经斗志昂扬的自己。只是,谁能够在离开好朋友时,不感伤呢?

(原载《情感读本》(道德篇)2014年第12期)

> 高中似乎是我们人生最重要的一个里程碑,人生观、爱情观、价值观就是在那时才慢慢成形的,爱情也开始懵懵懂懂。当然最重要的是,遇上那些可以好一辈子的朋友,在以后的日子了,永不相欺!

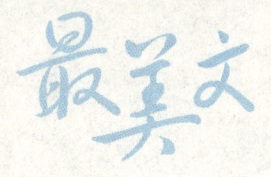

影帝姜文,有一种亲情叫前妻

文 / 秋水

舒适,是一个家庭的自我标榜。

——谚语

跨国婚姻破碎,分分合合难画句号

2003年,姜文与桑德琳的婚姻走过10年,进入审美倦怠期,生活、文化背景的差异以及聚少离多等隐藏的矛盾尖锐凸显。两人常因家务琐事、教育女儿的分歧发生摩擦。姜文性格直爽,说话不会转弯抹角;桑德琳性格急躁,口齿利落,夫妻俩吵起来简直就像火星撞地球。9岁的女儿姜一郎经常吓得躲在房间里哭。

夫妻矛盾最伤人。2004年9月,两人吵累了,开始冷战分居。姜文拎着行李箱住进工作室,过起了单身生活,婚姻名存实亡。2005年6月,分居近1年的姜文向桑德琳提出离婚:"咱们别互相折磨了,再这样下去会折寿,分手吧。"桑德琳也不愿继续这种"僵尸婚姻",很快与姜文办理了离婚手续。女儿姜一郎跟随妈妈生活。

但很快,远离故乡和亲人的桑德琳,品尝到单身女人的孤独、痛苦。一个个漫漫长夜里,寂寞像烟花在她心头起起落落。失去方知珍贵,桑德琳疯狂怀念起与姜文在一起的点点滴滴,回忆一家三口曾经的温馨幸福时光，回味姜文给她带来的快乐……泪水伴随桑德琳度过一个个不眠之夜。

姜一郎见爸爸长时间不回家，含泪问母亲："是不是爸爸不要我们了？"桑德琳向女儿撒谎："他在外面拍戏，脱不开身，过段时间就会回家。"姜一郎逼问道："爸爸到底什么时候回来？""再过半个月吧。"桑德琳只是随口哄女儿，姜一郎却记住了这个日子。

8月28日傍晚，桑德琳从北京大学听课回来，女儿脖子上挂着钥匙，坐在小区门口的石凳上，迟迟不肯回家。桑德琳拉起女儿："天黑了，走吧。"姜一郎带着哭腔说："你不是说爸爸今天回家吗？他怎么还不回来？我要在这里等他。"

想起随口对女儿撒的谎，桑德琳的心一阵刺痛，她不忍再欺骗孩子，含泪说出与姜文离婚的真相。姜一郎"哇"的一声大哭起来："你为什么与爸爸离婚？爸爸为什么不要我们？"女儿哭得很伤心，桑德琳也泪流满面……

第二天，桑德琳拨通姜文的电话，说出女儿脖子上挂着钥匙等他回家到天黑的事。女儿一直是姜文放不下的牵挂，他内心最柔弱的角落被触动了："我也想一郎，尽快抽时间过去看她。"

9月3日，姜文赶到桑德琳家看望女儿。一见爸爸，姜一郎眼里溢满幽怨的泪水："同学的父母都没有离婚，我在学校抬不起头。"姜文的心尖锐地疼了一下："一郎，爸妈在一起不幸福，只有分开。但爸爸还像从前那样爱你，对你的爱一点也不会少。"毕竟是不满10岁的孩子，姜文几句话就止住了女儿的眼泪，姜一郎像小鸟一样扑进爸爸怀里……

梳理与桑德琳的10年婚姻，姜文意识到，其实双方并无原则性矛盾，是审美疲劳和家务琐事一点点销蚀他们的美好心境和婚姻城堡，其实这样的矛盾家家户户都有。女儿才10岁，姜文不忍让她生活在单亲家庭里。几度心灵挣扎后，姜文在电话里告诉桑德琳："为了女儿，咱们重新开始。"

很快，姜文搬回曾经的家。重在一个屋檐下生活，姜文与桑德琳都小

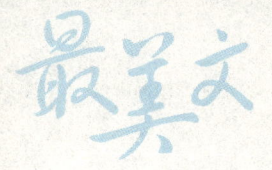

心翼翼地克制自己，度过了一段难得的平静时光。然而时间一长，一些宿怨、纠结，又随着一句话、一件琐事在夫妻间泛滥。这对前妻前夫的生活又回到从前：碰撞过后，为了女儿和好；和好不久，又激烈争吵。分分合合中，姜文下不了复婚的决心。都说白头偕老是忍出来的，可这种忍何时才能画上句号？姜文心力交瘁。

影帝再婚，前妻疯狂"围剿"

2004年10月，影片《太阳照常升起》在贵州开机。姜文出任导演兼男主角，与他演对手戏的女演员名叫周韵，是姜文中央戏剧学院的小师妹。周韵来自温州，比姜文小15岁，非常欣赏、崇拜这位大师哥。

剧组驻扎在遵义山区，环境非常恶劣。周韵坚强、不矫情、不做作，以女性的柔情默默呵护姜文：贵州多雨，姜文的皮鞋沾满黄泥巴，周韵每隔两天就用毛巾和鞋油将皮鞋擦得干干净净；因档期紧，姜文经常赶夜戏，周韵买好宵夜给他送到片场……饱受情感折磨的姜文，心里暖暖的，渐渐的，他与周韵相爱了。至此，姜文彻底断了与桑德琳复婚的念头。

2005年1月，《太阳照常升起》杀青，姜文返京的第一件事，就是了断与桑德琳的感情纠葛。当晚，他没有回桑德琳住处，而是在父母家住了一宿。次日上午，姜文将桑德琳约了出来，直言不讳地说："我决定不复婚了，兜兜转转10多年，我才意识到你我真的不适合做夫妻。"

桑德琳情绪失控："你为什么欺骗我？"姜文平静地说："以前为了一郎，我动过复婚念头；现在我明白了，为了女儿捆绑在一起，会伤害更多人。"女儿得知后，含泪对姜文说："你走吧，我以后不想见你。""一郎，我永远是你的爸爸，你永远是我的女儿。"姜文忍了多时的泪终于落下来……

2005年12月，姜文与周韵在北京低调完婚。桑德琳陷入痛苦、纠结、愤怒中，她以女儿为利器，开始疯狂"围剿"姜文。她不分时间，不分场合给姜文打电话，一会儿要他带女儿吃麦当劳，一会儿让他送女儿去学小提琴。没给女儿一个完整的家,姜文很愧疚,因此每次接到前妻电话,他即便再忙也匆匆赶过去。疲于奔命中,姜文的许多工作一拖再拖。

2006年3月的一天深夜,桑德琳拨通姜文电话:"一郎病了,你赶紧过来送她去医院。"姜文和周韵披上衣服,睡眼惺忪地赶了过去,却发现女儿一切正常。惊讶中,桑德琳冷漠地说:"一郎病好了,你们回去吧。"姜文这才明白,桑德琳是故意折磨他们!他愤怒了:"你没看见周韵都怀孕几个月了吗?咱们还有共同的女儿,不是敌人。"说完,他带着周韵忿忿离去。

此后,桑德琳借口出差,将姜一郎推给姜文。一次,姜一郎胳膊被蚊子咬了个包,桑德琳赶过来兴师问罪,指责姜文有了新家就怠慢女儿,说周韵是狠心继母,虐待姜一郎。姜文再也无法隐忍:"你再无理取闹,我就向法院起诉,夺回女儿的抚养权。"桑德琳被镇住了,疯狂"围剿"有所收敛。

2006年11月,周韵在北京诞下儿子姜太郎。桑德琳终于意识到,姜文不可能再回到自己身边,继续待在北京,只会徒增烦恼和痛苦。2007年5月,桑德琳带女儿返回法国。姜文看着女儿的背影消失在人流中,汹涌的泪水淹没了一个父亲与女儿分离的心碎……

虽然拥有了新家庭和可爱的儿子,姜文还是疯狂想念女儿。这年9月,姜文飞赴巴黎看望姜一郎,桑德琳借口女儿上法语培训班,不让姜文与她见面。姜文在附近酒店住下来,一天给桑德琳发数条短信,哀求她让自己与女儿单独相处一天,她找各种借口推脱。

姜一郎得知爸爸来巴黎,与妈妈吵着要见爸爸。桑德琳这才不情愿地将女儿送到公园,要求姜文只能与女儿相处30分钟。姜文有很多话想对女儿说,想给女儿拍照,想带她吃鹅肝……可时间太短,他什么也做不了。半个小时一过,桑德琳将女儿带走了,姜文站在树下怅然若失。

桑德琳以这种方式折磨姜文,殊不知,最受伤害的还是姜一郎。2009

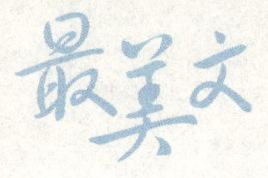

年7月,姜文意外接到桑德琳的电话,说女儿患有轻微抑郁症。姜文的心碎了……

女儿为纽带,前妻前夫成亲人

两天后,姜文匆匆飞赴巴黎。面对不远万里赶来的父亲,姜一郎神情麻木,转身进了房间。姜文走到女儿身边:"一郎,你不知道爸爸有多想你。"姜一郎不看父亲,自言自语:"活着真没意思。"桑德琳站在门口,形容憔悴,眼圈周围布满青晕,看得出来,她为女儿何等揪心!

姜文与桑德琳沟通:"我们都爱一郎,现在她这个样子,我和你一样痛心。要是女儿真有什么意外,我会痛苦一辈子,你也不会幸福。"一番话引起桑德琳共鸣,这次她没有指责姜文。

当晚,姜文在电话里向北京的医生朋友咨询。对方了解到姜文与前妻的纠葛、被人为分割的父女亲情,一针见血地指出:"父母长期敌对,孩子享受不到父爱或母爱,容易背负心理包袱,自卑消沉,害怕与人交往。看到别的孩子沐浴父爱母爱的阳光,心情会更加压抑、脆弱,创伤被放大。你女儿这种情况不能掉以轻心,否则后果不堪设想。"姜文紧张地问:"我该怎么办?""多与女儿接触,给她温暖和爱。"

一旁的桑德琳,将通话听得一清二楚。她含泪向姜文忏悔:"对不起,我太情绪化,太狭隘了。女儿变成这样,我有很大责任。"姜文安慰道:"现在说这些没意义,当务之急就是让一郎快乐起来,与抑郁症告别。"姜文提出带女儿回北京过暑假,桑德琳答应了。

7月11日,姜一郎来到父亲在北京的新家,迎接她的是继母和小弟弟热情的笑脸。周韵早就为姜一郎收拾好房间,添置了崭新的窗帘、床单、枕巾,连拖鞋和手纸都准备好了。姜一郎有爱心,从小喜欢小动物,第二天,姜文就带女儿逛鸟市,看到网箱内病恹恹的麻雀、八哥,姜文花钱买下来。

父女俩准备水和小米让它们吃饱，然后开车带去西山放生。姜一郎将一只只小生命捧在手心里，让它们飞向天空。鸟雀似乎懂得报恩，在父女头顶盘旋一阵，飞向山林，消失在天际。姜文趁机对女儿说："鸟儿恢复自由了，很快乐，你在爸爸身边也应该快乐起来。"

为了让女儿感受温暖的家庭氛围，姜文组织妻子和女儿举行趣味包饺子比赛。3个人一起和面、剁馅、擀皮。姜一郎包饺子的速度比不过父亲和周韵，干脆将饺子包成三角形、心形和方形。姜文连夸女儿有创意，周韵奖励她一把小提琴。姜文说想听女儿拉曲子，姜一郎经常站在阳台上拉节奏明快的《欢快颂》《黄蜂狂舞》。

3岁的姜太郎脸型与姜一郎有些相似，小家伙奶声奶气地叫"姐姐"，缠着她讲故事。他冷不丁就在姐姐后背拍一把，然后躲在门后，探头让姐姐来追。姐弟俩欢快地追逐嬉戏……火热父爱、温暖的家庭氛围，渐渐驱散姜一郎心中的抑郁，她骨子里的快乐基因被激发，话多了，脸上有了笑容。9月初，姜一郎开学，姜文将女儿送回巴黎。

面对重回快乐的女儿，桑德琳百感交集，为自己对姜文曾经的伤害感到羞愧。姜文告诉她："过去那一页已翻过去了，不必再提。今后我们要做的，就是让女儿一如既往地快乐。"

因女儿这根纽带，姜文与前妻不仅没形同陌路，反而往亲人方向靠近。有时寒暑假，姜文抽不出时间去巴黎接女儿，桑德琳就护送姜一郎来北京。姜文和周韵热情招待她，走时还不忘给她带北京特产。

2014年4月，女儿在电话里告诉姜文："妈妈经常头痛，有时整夜睡不着，最严重时将头往墙上撞。"姜文马上与桑德琳取得联系，根据她描述的症状，请教北京东直门医院的著名中医。对方分析很可能是风湿性偏头疼，中医治疗此病疗效显著，姜文邀请前妻来北京治疗。在北京生活过10多年，桑德琳信服博大精深的中医，便同意了。

这年暑假，桑德琳与女儿来到北京。姜文帮前妻联系医生，还经常开

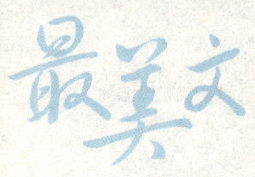

车送桑德琳去门诊接受针灸、艾条灸治疗。周韵每天在家里熬好中药，然后让姜一郎趁热送给妈妈喝。经过近两个月的系统治疗，桑德琳的风湿性偏头疼彻底根除。离开北京时，桑德琳执意与周韵见面："以前我不懂生活，没给姜文带来幸福，希望你能与他白头偕老，过好每一天。"

世上的亲情多种多样，有一种特殊的亲情，就叫前妻前夫。姜文与桑德琳给千千万万离异夫妇做出了榜样：离婚了，彼此不是仇人，依然是孩子的父亲、母亲，婚姻不再，完全能以另一种方式延续亲情。

（原载《恋爱婚姻家庭》2016 年第 4 期）

亲情是一面帆，让我们破海渡洋；亲情是一座楼，为我们挡住寒光；亲情是不灭的焰火，我们的人生被它照亮！

让爱转起来

文 / 孙道荣

爱别人，也被别人爱，这就是一切，这就是宇宙的法则。为了爱，我们才存在。有爱慰籍的人，无惧于任何事物，任何人。

——法·彭沙尔

晚报上刊登了一条简短的求助信息，一位单身的王姓阿姨，因家庭困难，想帮年近八旬的老母亲求助一辆轮椅。她和老母亲住在一起，靠两个人微薄的退休金为生，相依为命。

两个人的身体又都不好，特别是老母亲，有心脏病，还有糖尿病，身体非常虚弱，只能常年卧病在床。但是，医生又有医嘱，天气好的时候，最好能经常将老太太带出去，晒晒太阳。王阿姨说，老母亲自己走不动路，而她一个人，又根本搬不动母亲，如果有一辆轮椅，她就能经常推着老母亲出来晒太阳了。

这条豆腐块大的求助信息，夹在厚厚的晚报中，却掀起了一股不小的波澜。当天下午，就有人打电话给报社，愿意将家中的一辆轮椅，送给王阿姨。

王阿姨老母亲的轮椅，当天就有着落了。然而事情并没有完，还是不断有人打电话给报社，表示愿意将自家的轮椅捐助出来。短短几天时间，

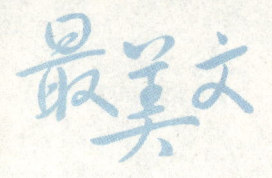

就有24位好心人要捐轮椅，而且，仍然不断有人加入进来。

听说王阿姨的轮椅已经解决了，捐助轮椅的好心人又纷纷表示，可以将自己家的轮椅，捐助给其他有需要的人。于是，一个旨在将更多闲置的轮椅"转动"起来，让更多有需要的人从中受益的公益活动，在一群好心人的推动下，运作起来。没想到，一个小小的求助，会牵动这么多人的心，成为一个受惠多人的公益活动。

一连几天，我都在关注晚报上的这个连续报道，心中特别温暖，特别感动。我留意到其中的一个细节，那就是捐助来的24辆轮椅，其实每一辆的背后，本身也都有一个温暖的故事。

一位79岁的老太太，执意要将自家的轮椅捐助出来。她说，这辆轮椅，是孩子当年为她的母亲（孩子们的姥姥）买的礼物，孩子们很孝心，买来轮椅，让行动不便的姥姥可以坐着轮椅出去转转，散散心。姥姥最后的时光，很幸福。老太太说，自己虽然年龄也大了，但身体还好，不需要轮椅，所以，执意要将轮椅捐赠给有需要的人。

有位汪女士家里有辆轮椅，那是她买给自己的母亲的。母亲身体不好，走路不方便，买辆轮椅，就是想经常推着母亲出去，走走，看看。汪女士伤感地说，谁知道轮椅买回来后，母亲还没来得及坐一次，就突然发病，永远地离开了我们。汪女士说，把轮椅捐出来，就是想让别人尽尽孝。

一位先生打来电话说，有段时间，岳母腿不大好，出门不方便，我就给她买了辆轮椅，这样，进出就方便了。后来，岳母的腿好了，轮椅就闲置下来了，家里也没地方放，就存在了公司的仓库里，如果有人需要，我随时可以去将轮椅拿回来送给他。

一位中年妇女说，婆婆得了偏瘫病，生活不能自理，她就赶紧在网上买了一辆普通的轮椅回来。后来，婆婆的病情加重了，普通的轮椅不行了，需要有特殊靠背的，她就又买了一辆新的高背的轮椅。这样，以前买的那辆普通轮椅就没用了，希望捐给别人。

　　轮椅，算是一种有点特殊的物品，不是每个家庭都会拥有。但是，每一辆轮椅的背后，一定都有一个温暖的故事，都有一段人间真情。有的是孩子孝顺年迈的父母的，有的是因为家中有人受伤了，有的是家人行动不便……

　　有了轮椅，我们就可以在天气晴好的时候，推着亲人出去，晒晒太阳，看看蓝天，听听鸟鸣；有了轮椅，在亲人团聚的时候，就不会落下任何一位；有了轮椅，亲人就可以随时和我们在一起。轮椅是什么？很简单，轮椅就是不遗，不弃，就是爱。

　　每一次，在公园，或者街头，或者医院，或者小区的楼下，看到有人推着轮椅，慢慢地行走，我都会驻目，心中充盈着温暖和感动。坐在轮椅上的人，尽管白发苍苍，或者一脸病容，亦或缠着绷带，但他们的脸上，一定都含着一丝欣慰。

　　让轮椅转动起来，就是让爱转动起来，永不停歇。

（原载《做人与处世》2014年第9期）

　　生命因爱而伟大，生命因爱而鲜活，不然，就徒有一副躯壳而已。

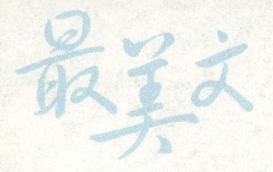

欠你的微笑

文 / 马明守

> 作为一个父亲,最大的乐趣就在于:在其有生之年,能够根据自己走过的路来启发、教育子女。
>
> ——蒙田

她不知道,一直不知道,这些年,她欠了父亲那么多笑容。

自小,父亲对于她就是个陌生人。

那时,他是远洋轮上的大副,一年365天,至少有200天不在家。虽然他每次回来都会给她带许多好东西,从裙子、洋娃娃到最新款的游戏机。可是,当他下次回来时,她仍然不认得他。等她慢慢长大,知道这个人是她生命中最重要的男人时,隔膜已生成了一堵墙,长在她和他之间。在日常的生活里,她早已习惯了将他摒除在外,只与母亲相依为命。所以,当她11岁父母亲离婚时,她没有丝毫不适,只是更彻底地将他排除在了自己的生活之外。

直到她16岁,母亲突遇车祸去世,她不得不回到他身边生活。

她记得她是抱着那只叫雪球的贵宾犬搬进他家的。虽然语言交流眼神交流还有些不自在,但他们毕竟平静地生活在一个屋檐下了。

雪球对新环境一时不能适应,变得不再像以前那样乖巧:它随地大小便,有一次竟将大便排在了沙发上;而一到晚上,它在各个房间里窜来窜去叫个不停。她学习一天，回到家倒头便睡，雪球叫得再大声，她也能一捂被子任它叫去。他却被吵得整夜不能入睡，早上起来，不免呵斥狗儿几声，还威胁着要将它送人。她不高兴他对雪球的态度，雪球是妈妈送她的礼物，她珍爱它，就像珍爱与母亲相依为命的日子。她嘴上不说，心里却拿定主意，他若真不满意雪球，她就搬出去住。

可事情却朝着她没预料到的方向发展。不久之后，雪球竟然成了他的跟屁虫，晚上甚至睡到了他的床边。她有些气恼，他却有些得意地朝她笑："动物都是很聪明的，知道回报。"那些日子，他买了养狗的书学习，一点一点在雪球身上实践：天天跑菜市场买最新鲜的肉给它做饭；每天定时带它外出散步，散步前为它梳理皮毛，还为它在头顶扎上蝴蝶结；到超市精心给它选择玩具和小衣裳；买专用浴液给它洗澡。

她有些嫉妒，嫉妒雪球对他的感情，再细想自己其实是嫉妒他对雪球的感情。他何曾对她这样用过心？她的记忆里，他从来没抱过她，从来没给她喂过饭，从来没给她扎过小辫，从来没给她洗过澡，从来没有接送她上下学，甚至从来没骂过她一句……他不是不会爱的人，可他对她，还抵不上他对一条狗。

两年后她顺利地考上了外地的一所大学，他抱着雪球送她到车站。她忙着整理行李，忙着和送行的同学笑闹，直到火车启动时，才匆匆向他挥手"爸，你回去吧……好好照顾自己。"后面一句话能说出口，是因为看到他有些哀伤的表情，更是旁边告别的同学向父母说了这句话，她便鹦鹉学舌地脱口而出。

那一刻或许是她看走了眼，两双格外明亮的眼睛都蒙上了一层水汽，一双是雪球的，一双是他的。

大学生活很快乐很放松。他按时往她的银行卡上打钱，每个月会打电话给她，问她钱够不够，问她生没生病，还让雪球在电话里叫几声给她听，但最多两分钟也就挂了。

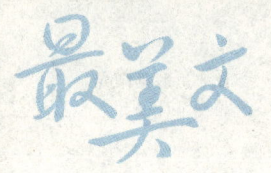

她最没想到的是大四的上学期,他竟然到学校来看她了。她正忙着参加各种招聘会,忙着论文,对他的到来她是不欢迎的。他也看出了她的不欢迎,有些不好意思地说:"明天是你生日……"她愣了一下。她当然记得自己的生日,还约了同学一起热闹一番,只是没想到他会专为了这个来看她。

他接着说:"明天你过生日,一定约了同学,所以我就想今天过来看看你。你大学里前三个生日我都没来,我想这一个生日我得来看看。"他拖过身边的皮箱,拿出一套衣服递给她:"你现在忙着找工作,得有套像样的衣服去面试,所以我给你买了这个。你试试看行不行,不行自己去换。"他又递过来一张发票,是本市最高档的商场出具的。

她有些发呆。她想象着他一个人坐十多个小时的车来到这个城市,来不及歇一口气,便打听这座城市最好的商场,然后急匆匆地赶去,认真挑选了这套衣服。之后,再一路打听坐车来到这所学校找到她。

他站起身说:"我们一起去吃个饭吧,也算爸爸给你过了个生日……你,有没有时间呢?"他说话间有些惶恐,忐忑地看着她。

他们最终去吃了饭。她的记忆里,这是她和父亲第一次单独进酒店吃饭。饭桌上,他们彼此面对着还是有些拘谨。但他很高兴,不停地给她夹菜,说得最多的话是:"吃,多吃点儿!"她只能使劲地吃。

饭后,他让她回学校,说自己去车站买票回去。他站在酒店门口看她一步一步地走,直到再也看不见她的背影。其实才走出去50米她就后悔了:怎么能让父亲就这样回去呢?她应该让他住一晚,带他参观一下学校,看看自己的宿舍,认识一下自己的同学。虽然心里后悔着,她却没有转过身回去挽留父亲,她心底里还是担心着单独和父亲面对时的尴尬。

大学毕业,她最终回到了自小生活的城市,在父亲为她找来的那个工作单位里安顿下来。生活过得平静安稳,日子如流水,她恋爱、结婚、生子,终于有了自己的小家。

老公与他竟然特别投缘，两人亲若父子。而父亲对自己的外孙喧喧也是特别疼爱。她坐完月子他就不再请保姆，喧喧的一切事都由他亲自打点。他喂他吃，哄他睡，带他上街，而且特别喜欢为他拍照。他不但为此买了最好的数码相机，还买了最好的打印机，最精致的相册。每次为喧喧照完相，他就会迫不及待地打印出来给她和老公看。

她看着他一手抱着喧喧一手拿着照片，幸福地与老公说笑着，不由得又生出几分嫉妒，就像当年她对雪球的妒忌一样。

她对老公说："我找个老公是帮他找了个儿子，我生的儿子也只是帮他生了个外孙。"老公哈哈大笑，点着她的额头说："这是你的福气，你还不好好珍惜。"

老公说的未尝没有道理，可她就是不舒服，为什么他对她周围一切的好都甚于对她的好？

那天，他又在兴致勃勃地看外孙的照片。她忍不住在一旁幽幽地说："你就从来没为我照过一张。"他愣了，一会儿，进了自己的卧室，出来时手里抱着一个大相册说："你过来看。"

她翻开那本有些陈旧的相册，居然厚厚一本全是她的照片。有些她看过，她的满月照、百天照，她儿时和母亲的合影，不多的几张三口之家的合影；还有很多照片她从来没看到过，最后一张，居然是她在大学校园里，急匆匆地走着的一个背影……

她目瞪口呆。

父亲有些不好意思："都是我偷偷拍的……我每次出海回来，想给你多拍些照片好带在身边，想你时就看看，可你躲在妈妈身后坚决不让我拍。我没有办法，只好偷拍你了。后来我和你妈妈离了婚，更不可能给你拍照片了。每次想你了，或者你过生日的时候，我就会偷着跑去看你，然后远远地拍几张照片回来……那次去你大学的时候，我是带着相机去的。我想我应该和女儿有张合影才对，女儿长这么大，我从来没单独和她照过相。

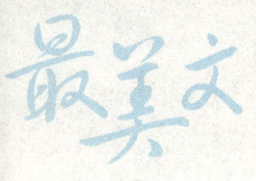

可是,见到你……"他不好意思地笑笑,没再说下去。

她明白他下面的话:见到她,他突然说不出照相的想法了。他怕她闹别扭,也因为他自己的羞怯。所以,在她离开酒店后,他跟着她来到了校园,对着女儿的背影按下了快门。

看看这些照片,全是远景,全是她的侧影。父亲躲在镜头之外热烈地爱着她,而她从来没有一次仰起脸,对着他的镜头,给他一个正面的甜甜笑容。

她不知道,一直不知道,这些年,她欠了父亲那么多笑容。她捧着这本沉甸甸的相册,第一次知道什么是父爱如山,第一次明白他为什么会对雪球那么好,为什么对自己的老公和儿子那么好。因为他们都是她的,只要是她爱的,他便不计一切代价地爱着。

她抬起朦胧的泪眼,朝头发花白的父亲笑着,第一次用了撒娇的声音说:"爸,以后不许你偷拍我,我也要拍喧喧那样的明星照。"

(原载《恋爱婚姻家庭》(青春)2011年第7期)

亲情就在我们身边,等着我们去挖掘。让我们人人做一个有心人,去努力品味身边的亲情以及丰富多姿多彩的人生。

第三辑

让友情穿越一个迷茫冬季

熙来攘往的都市里,却弥漫着深深的孤独无助。要想将这种孤独与无助驱逐出我们的心里,是没有什么可以倚靠的,只能靠我们自己学会人与人之间心灵的分享。

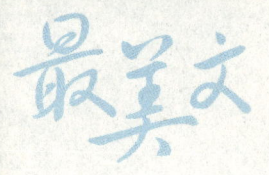

我想敲敲邻居家的门

文 / 秦若邻

  现实生活中有些人之所以会出现交际的障碍，就是因为他们不懂得忘记一个重要的原则：让他人感到自己的重要。

——戴尔·卡耐基

  隔壁小刘夫妻俩和孩子权权在半年前搬家走了，因为小刘是独生女，父母孤单，想和女儿女婿一起住。于是父母卖掉了老房子，再加上卖掉了我隔壁的这套房子，换了一套一百六十多坪的大房子。

  我和小刘做了好几年邻居了，关系不错，经常烧了好吃的，站在门口一喊，虎头虎脑的权权就会跑过来。她一家子搬走后，我有点失落，后来还去过她的新居作客。

  小刘搬走后不久，就有人来装修了。装修好后不久，新的主人就住进来了。

  曾看过一个小小的脑筋急转弯题目，现代社会最远的距离是什么？答案是：从你家沙发到对门邻居家沙发的距离。当时看了这个答案一愣，继而琢磨，感觉非常耐人寻味。就像我与我的新邻居，门虽设而常关，声虽闻而不见。

  新邻居搬来好几个月了，我还没见着个正面，只知道是一对五十多岁的夫妻。经常下班回来，就听到隔壁传来电视机的声音。

偶尔他们也会有朋友来做客吃饭，吃完饭临走时聚在楼道里，大家还七嘴八舌叽哩哇啦非常快地讲着上海话，然后一连串的"再会再会再会"，然后防盗门"呼"地关上，然后归于沉寂。

我想他们在家里肯定也能听到我们家的动静，我下班从幼儿园接回芮芮，芮芮会奶声奶气地说，哎哟妈妈，快开门，累死我了，我要回家喝爽歪歪；然后说妈妈今天老师教我们跳舞了，是小燕子穿花衣；然后走廊声控灯如果灭了，芮芮会大声"啊嗒"喊一声将走廊灯唤亮。周末时，芮芮会大声嚷嚷，爸爸爸爸，我们去儿童乐园坐飞机去吧！

这对夫妻好像不工作，也没有子女似的，成天关着门呆在家里，因为刚搬来，这里他们一个朋友也没有，我想他们应该是有些孤单的。

我们两家的厨房侧窗是正对着的，中间大约隔了两米的距离，如果我们同时在洗碗，抬起头就可以看见对方，开了窗就可以讲话。但总有个风景画窗帘在对面遮挡着，窗帘上是几棵青翠的竹子，竹影纷纷。

人说十年修得同船渡，我不知道要多少年才能修得对门做邻居，但是我发现，如今这种颇要缘份才能修来的对门充满了神秘的气息，让我充满了想象力。我想也许我明天就可以买张机票飞北京飞海南飞西藏飞新疆，可是我却不能抵达邻居家的沙发。

一个周末，包了饺子，我对先生说，隔壁邻居搬来好久了，要不送盘饺子给他们，也算大家认识认识吧。先生踌躇了一会说，这好像不太好吧，平时又没有什么沟通，突然送盘饺子给人家，感觉有些那个。我想想也是，就罢了。

我从前在一篇《心灵的分享》的文里说，其实门户紧闭的都市人是渴望心灵的沟通和交流的，但喧嚣都市的竞争与自我保护的潜意识，让人们的身心都裹上一层厚厚的防卫铠甲。熙来攘往的密集人流里，却弥散着孤独与无助。要想将这种孤独与无助驱逐出我们的心里，是没有什么可以倚

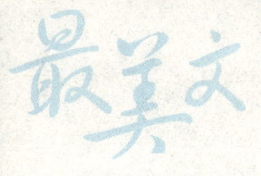

靠的，只能靠我们自己学会人与人之间心灵的分享。

我不知道何时能够没有顾虑地敲开邻居家的门，但愿就在不久的将来。自此以后，做了好吃的，我就可以开了门，站在门口喊邻居来尝尝了。

（原载《语文报》2013年第23期）

我们这是怎么了？以前住大杂院的时候，生活虽勉强凑合，但邻里之间好得就跟一家人似的。现在生活好了，交流方便了，住上大房子了，可是住了半年甚至更久，连邻居长什么样都没见过。是什么使我们如此隔阂？

温暖的路灯

文 / 李代金

  一切使人团结的是善与美，一切使人分裂的是恶与丑。

——列夫·托尔斯泰

  小区很脏，很乱，说是小区，其实根本算不上小区，这里没有物管不说，就是门卫也没有，谁都可以进，谁都可以出。什么时候进，什么时候出，都行。更糟糕的是，楼道里连声控灯也没有。没有声控灯，白天还好，虽然黑，但还看得清梯步。可是一到了晚上就不行了，楼道里漆黑一片，一点也看不清梯步，只能摸索着一步一步地移。

  一步一步地移，也十分危险。许多人一不小心就摔倒在楼道里，接着就是哎哟的叫唤声，再接着就是骂娘声。年轻人摔倒了还好，爬起来拍拍屁股就走人。老人可就不同了，一时半会儿爬不起来，只得在楼道里坐着，等着，盼着，直到有人走过来，才叫人把他扶起来。有两位老人曾在夜里摔倒，被送到了医院，花了一大笔医药费。

  由于晚上上下楼不方便，许多老人晚上都不出门，就待在家里看看电视。然而，后来，即使是白天出门也容易摔倒了，因为楼道没人打扫，里面扔满了纸屑果皮。老人摔倒不说，年轻人和小孩也时常摔倒，摔倒了就大骂。再后来，许多人家都去别的小区买了房子，于是将这里的房子卖

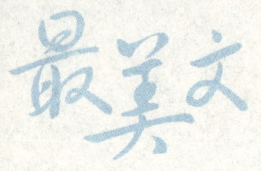

掉,没有卖掉的,也都租给了进城的农民工住。

农民工来了,小区进进出出的人就更多了,也更乱了。老马和老伴也住进了这个小区,他们的儿子和儿媳进城来打工,他们的孙子也进城来读书,他们每天负责做饭和接送孙子。老马住进小区的第一感觉就是这里太脏了,太黑了。老马和老伴晚上都不出门,可是一早一晚儿子和儿媳得出去和回来,没声控灯,太黑了,太不方便了。

这天,老马拿着扫把来到了顶楼,从顶楼一直往下清扫,扫到底楼,他吃了一惊,什么垃圾都有,腐烂的果皮,踩死的老鼠。老马将垃圾足足装了三大袋才装完。扔掉了这些垃圾,老马又去买了一个灯泡,把它安在了自己家门前的楼道里。只要一跺脚,灯就会亮起来,这下好了,楼道明亮了,晚上不怕看不到梯步了,不怕摔倒了。

可老马并没有太高兴,楼道是明亮了,但只是他们这一层明亮了,下面还有两层,上面还有四层呢,它们到了晚上还是黑的。但老马管不了,老马只能管自己这一层。如果自己去人家门前安声控灯,不合适。老马希望他们能主动安个声控灯,他只能是希望。从前的主人都不肯安个声控灯,现在这里住的都是农民工,让他们安声控灯,更难。

那天晚上,大家回来的时候,都发现了老马门前的声控灯。因为这盏声控灯,楼上的民工回家时走到这层楼都快了许多,都说有声控灯真好啊。于是第二天,四楼的民工在门前安了声控灯。第三天,五楼的民工在门前安了声控灯。第四天,六楼和七楼的民工也在门前安了声控灯。第五天,一楼和二楼的民工见上面安了声控灯,于是也安了声控灯。

一时间,整个楼道都安上了声控灯。这下好了,早晚进进出出,脚步声一响,楼道里的声控灯就会依次亮起来,再也不用摸索,再也不用小心翼翼了,老人们再也不怕晚上上下楼了。而且,因为楼道里总是明亮的,再也没有人随意扔垃圾在楼道里了,楼道里变得干净起来。有人想扔垃圾,看到这么干净的楼道,也就不忍心扔垃圾了。

后来，其他楼道先后都安了声控灯。据说，他们发现老马所在的楼道晚上亮着灯，听说都是自己安的，于是也在自己门前安上了声控灯。现在，小区所有的楼道都是明亮的，干净的。老马发现所有楼道在晚上都亮着灯，笑了。他只是在自己家门前安了一盏声控灯，却让所有楼道都变得明亮起来。因为他的那盏声控灯，传递了光明与温暖。

（原载《考试报》2013年第8期）

一个人的力量毕竟是有限的，事实上也是这样，靠一个人的自觉和奉献，是远远不够的。可是集体的力量，却是无穷的，一盏灯，点亮一家人；一片灯，就能点亮整个世界。

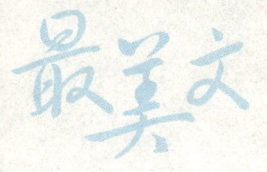

强者更需要协作

文 / 林玉椿

> 一个人如果单靠自己，如果置身于集体的关系之外，置身于任何团结民众的伟大思想的范围之外，就会变成怠惰的、保守的、与生活发展相敌对的人。
>
> ——高尔基

摄影师在拍摄鳄鱼捕杀斑马的过程中，发现了一个意外的现象：鳄鱼群通过围捕，成功猎杀了一头斑马后，一向以冷血、凶残著称的鳄鱼们并没有一哄而上，为了争抢食物而大打出手，而是耐心地、温文尔雅地排起了队，按顺序依次进食。

原来，由于鳄鱼长着圆柱形的牙齿，不能咀嚼，所以一只鳄鱼在享用大型猎物时，需要同伴用嘴巴固定住猎物，然后这只鳄鱼咬住猎物在水中快速旋转身体，才能将猎物的肉撕扯下来，开始进食。没有同伴的帮助，鳄鱼对那些摆在自己面前的"大餐"只能白流口水。

鳄鱼在地球上已经存活了上亿年，它们的互助行为，可以说是这种古代爬行动物至今没有消失并且日益繁盛的重要原因。

我们经常认为大多强者都是孤独的，他们不需要太多的协作精神，而是更需要自我的决断甚至独裁。鳄鱼捕食斑马的现象却给了我们这样的启示：强者也需要协作——而且相对于其他人来说，强者更需要协作！

鸡捕食虫子，轻而易举；猫捕食老鼠，也只是需要把身手练得敏捷些；但狼去捕羊，鳄鱼去捕食斑马，却需要成群结队，共同协作。因为越是强者，想吞食的目标也就越大，遇到的困难也就越多，遭受的反抗也就越强，如果单靠自己，往往难以成功。而且强者一旦跟同伴闹不团结，互相争斗的代价也会非常大，往往落得两败俱伤的下场。

人无完人，每个人都有自己的缺点和弱点。无论你的能力多么强，无论你的水平多么高，你总不可能什么事情都一个人扛得起来——就像鳄鱼如果没有同伴的帮助，就吃不了眼前的"大餐"一样。

协作往往是一种互利的行为，能达到双赢的效果。一个愿意协助他人的人，比那些完全自私自利的人具有更多的发展机会，并且更容易比那些冷漠独断的人赢得胜利。

因此，协作不是懦弱的表现，协作应该是强者必须应有的姿态。许多强者因为孤傲而以失败落幕；许多弱者因为协作而变成强者；许多强者因为协作而变得更强，最终书写出自己人生辉煌的篇章。

（原载《语文周报》2013年第7期）

自大的人终究会自食其果，个体无论多么强大，也无法与集体的力量抗衡。团结一致，力量才是无穷的。

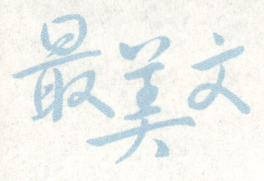

播种希望

文 / 瞿幼芳

　　希望是坚韧的拐杖,忍耐是旅行袋,携带它们,人可以登上永恒之旅。

——罗素

　　在我20岁的时候,正是一名疯狂的文学青年,痴迷于写作,每晚总在灯下写稿,然后第二天寄出去,本地的也好,外地的也好,捞到一张报纸的地址就往外投。我多么想有一天,能从报纸上看到自己的作品和名字,可事与愿违,总是泥牛入海。那时,我做了好几个梦,都梦见我发表文章了,梦中兴奋异常,醒来却惆怅无比。

　　那时我的工作是景点讲解员,每天要接待不同的游客。一个炎热的夏天,我接待了一批作家团。这些作家来自全国各地,由省文联组织来景区采风。太好了,仰慕已久的大作家们来了,可以从作家们口中"偷拳头",如果能传授给我快速写作发表的"九阴真经",那就太美了,我偷偷地做着美梦。作家们兴致勃勃地听着我的介绍,赞叹着优美的风景,不时地合影留念。到了山上,不少作家又热又累,就坐在茶室里喝茶休息。

　　一位五十多岁的作家兴致很高,意犹未尽,我就陪着他继续游赏山上的景点,他中等个子,戴着眼镜,儒雅斯文,看上去很有信赖感。他感谢我这么热的天还陪他走,我笑笑说这是工作,应该做的。我们一边走,一边聊，言谈中我流露对作家的仰慕，以及一年来投稿不中的迷茫、灰心。

我问他："我爱好文学，喜欢写文章，可是我投稿投了一年多，始终没有发表，可能我不是写作这块料，我的文学之路是否该继续走下去呢？"作家看我热得满头是汗，给我买了瓶水，缓缓地说："万事开头难，既然你热爱文学，就不要放弃。只要坚持下去，每天动笔，熟能生巧，掌握了一定的套路，离发表之路就不远了。"

接着，他神秘地说："我向你透露一个投稿诀窍，你可以一口气连着向报刊投六七篇文章，瞄准了这家报纸，密集性地投。投得多了，编辑就会被你的写作热情所打动，总会用个一两篇。"

他又给我讲了写作上的一些知识，让我很有启发，我们聊了很多，虽是初次见面，却非常投机。临走时，作家拿出一张名片，让我把自己认为满意的文章寄过去，给他看看。如果可以的话，可发表在他主编的文学期刊上。

可是犹豫了一个月，我还没把文章寄过去，一来因为人家是名作家，工作很忙，不敢去打扰；二来怕人家只是客套话，客气一番，我就当真了，也许等我把文章寄过去，人家早忘了我是谁。三来怕我的文章太差，入不了作家的法眼，反被别人耻笑。

过了些日子，我收到了他的一封信，问我为什么不把文章寄过来，随信还给我寄来了两本他的散文集。我很意外，没想到他还记得我这个无名小卒。捧着书，我深深地感动了，这真是我生命中的贵人啊！

我的三篇散文，终于发表在那本杂志上，这是我梦寐以求的处女作啊！我激动地搂着那本杂志入眠。此后，这三篇文章仿佛是敲门砖似的，敲开了当地报纸的大门，陆陆续续地不时见报。如今，我已经在《新民晚报》《北京青年报》《打工知音》《知识窗》等报纸杂志发表五六百篇文章。

那本杂志是1998年第三期的《航天文艺》，那位作家是中国作协会员张蓬云，辽宁沈阳人。

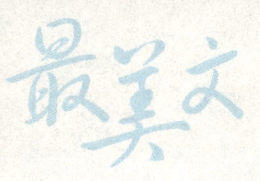

　　三毛有一首歌，叫《梦田》，歌词这样说："每个人的心里都有一亩田。用它来种什么？种桃种李种春风，开尽梨花春又来。"每个人心里的一亩田，每个人都用它来播种。有的人播种怨结，有的人播种仇恨，有的人播种恩情，有的人播种善意……而最后收获的就是曾经播下去的种子。

　　想起往事，历历在目。当年张老师就是播种希望，给了我一个发表文章的机会，从此我的梦想就开始了发芽、生长。如今，我也要做一个张老师那样的人，尽自己的力量帮助、鼓励身边的人，给他们希望。

（原载《语文报》2014 年第 34 期）

　　在这个谈梦想都显得奢侈的年代，一个人如果心存梦想并勇敢追梦该是有多大的勇气，每一个梦想都应该被鼓励和尊重。

儿童节的礼物

文 / 入世无尘

　　友谊是灵魂的结合,这个结合是可以离异的,这是两个敏感、正直的人之间心照不宣的契约。

——伏尔泰

　　儿童节即将来临,孤儿院的院长珍妮一改往年的习惯,决定不自作主张为孩子们买礼物,而是让他们自己先定礼物,然后再买回来送给他们。珍妮把这个好消息告诉了孩子们,孩子们都欢呼起来,他们早就想拥有自己喜欢的礼物了。

　　往年,珍妮买回来的礼物,他们几乎都不喜欢。每个孩子都在纸条上写下了自己最喜欢的礼物,珍妮一一收起来,统计好。她发现,有五个男孩子都选了手枪。原来,这些孩子都有一个梦想,想当一名警察。

　　孩子们的梦想,就是珍妮的快乐,她希望每一个孩子都能实现梦想,做一个有所作为的人。而她呢,就是要让他们健康地成长,帮助他们实现自己的梦想。

　　珍妮带着礼物清单上了街,出门时,她还带了两个孩子去帮着搬礼物。那个调皮的汉斯也嚷着要去,珍妮担心自己不在,他又做出什么坏事或者欺负别的孩子,于是便把他也带上了。路上,珍妮嘱咐汉斯,上了街得乖乖跟在她身后,别到处乱跑也别捣乱,否则就不给他买手枪了。

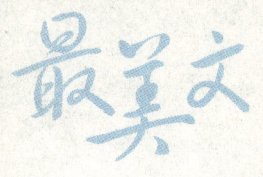

虽然汉斯满口答应了，可是真的到了街上，他就开始调皮捣蛋了。独自跑到一边，这儿看看，那儿望望，还动手去摸摸这样东西，把鼻子凑过去闻闻那样东西。那些可以吃的东西，他看得两眼放光，就差没有伸出舌头去舔它们了。

也难怪汉斯这么好奇，因为他平时就很少有机会上街，更难得见上如此多的东西。当然，至于各种美味，就更是难得一尝了。孤儿院的经费很有限，募捐的收入也并不多。所以孩子们难得吃上一点好东西。

珍妮回头发现汉斯不见了，顿时就叫了起来："汉斯！汉斯！"她真担心汉斯闯祸了。汉斯听到珍妮的叫声，连忙从人群中钻了出来，笑嘻嘻地看着珍妮。珍妮一把抓住了他的手，再也不肯松开。

她带着孩子们走进店里买东西的时候，这才不得不松开了手。然而，这一松手就出事了，汉斯跑去看鱼缸里的金鱼，不小心将旁边的鱼缸碰倒了。砰的一声，掉到地上的鱼缸顿时就碎了。汉斯一时间愣住了，呆呆地站在原地，不知如何是好。

闻声赶来的老板把汉斯紧紧抓住，连忙问这是谁的孩子。珍妮过去一看，居然是汉斯，不由叹了一口气，他闯祸了。珍妮上前跟老板商量，最终以赔偿鱼缸了事。

珍妮拉着汉斯气呼呼地出了店，教训道："你怎么老是给我添麻烦？我真不应该带你出来！你等着瞧，你的手枪我不会买给你了！"听到珍妮这样的话，汉斯呆了，他知道，珍妮这次真的生气了。不发手枪给他，这是对他最大的惩罚。汉斯心里十分不乐意，但他知道自己错了。

此后，汉斯一直默默地跟在珍妮身后，再也不敢离开半步，他希望珍妮能够收回她的惩罚，因为他太想得到一把手枪了。汉斯的梦想是成为一名警察，虽然现在他还不是警察，但他却很想拥有一把手枪。

拥有手枪的念头，已经在脑海里盘踞了整整两年。眼看到手的手枪没了，汉斯恨不得打自己两个耳光，自己太不小心了，害得珍妮赔了一个鱼缸。早知这样，就不应该出门来。后悔的汉斯忍不住偷偷地流下了泪水，他又偷偷地擦掉了。

买好所有的东西，珍妮带着孩子们回孤儿院。路上，珍妮让其他两个孩子帮着拿东西，但就是不让汉斯拿任何东西。可见，珍妮不相信他，担心他不小心又惹出麻烦。一路上，汉斯只好默默地跟在后面。

回到孤儿院，那两个孩子把汉斯闯祸的事告诉了大家，大家都很生汉斯的气。许多孩子听说珍妮在儿童节不发手枪给他，都说珍妮做得对，就该这么惩罚一下他。还说像他这么爱闯祸的孩子，根本不配拥有手枪，更不配成为一名警察。

听了大家的话，汉斯沮丧到了极点，他本来还想回来后，让大家替他向珍妮求求情，把手枪发给他，现在看来，这个想法也只能打消了。整整一天，汉斯一言不发，也不跟大家玩，好像病了似的。

珍妮发现了汉斯的异常，她说："汉斯，你可是个男子汉，自己犯了错，就该承担责任，难道你还委屈了不成？"珍妮说得没错，他是个男子汉，闯了祸撞倒了鱼缸，赔了一笔钱，孤儿院受到了损失，而他这个肇事者，理所应当受到惩罚。

汉斯不再期盼得到手枪了，当然，他不会怪珍妮，也不会怪大家。并且，他决定不再惹是生非，不再伤害珍妮，不再伤害大家。六一儿童节这天，珍妮给孩子们分发礼物，每个孩子都得到了他们想要的礼物，只有汉斯，没有得到他想要的手枪。

虽然珍妮已经买回来了手枪，但就是没有发给他。汉斯得到的，仅仅只是一个蛋糕而已。当汉斯看到其他四个想成为警察的孩子拿着他们心爱的手枪玩耍时，他走到一边，泪水无声地涌了出来。

这天晚上，汉斯早早就上床睡觉了，他做了一个梦，梦见自己拥有了手枪。然后，他醒了，醒来他发现床上真的有手枪，不但有，而且还是五把。汉斯明白，其他四个孩子都不约而同地把手枪给了他，而珍妮，同样

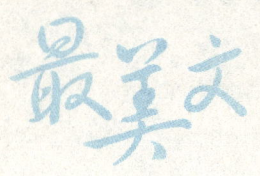

也把手枪悄悄地发给了他。"谢谢你们！"汉斯涌出了幸福的泪水。他爬起床，把孩子们的手枪还了回去，就是珍妮发给他的手枪，他也放在了珍妮的桌子上。他不需要手枪了，他是一个最幸福的孩子，因为他曾拥有五把手枪。

（原载《聪明泉》（少儿版）2013 年第 10 期）

> 如果你曾这样为别人着想过，并试图跟大家建立友谊，那你就该明白，这一切都源自爱。唯有爱才能让你们在一起。

与你笑到最后

文 / 阮小青

真正的友谊，是一株成长缓慢的植物。

——乔治·华盛顿

一

叶梓琪被命为班长的那一刻，我就对她产生了极其严重的抵触情绪。我实在不明白班主任的想法，即便是开学的第一天，也不能这样草草选定一班之长。

我承认，叶梓琪的中考成绩的确很好。可这又能代表什么呢？学习成绩好的就一定品质良好，有管理能力吗？

当选的第二天，叶梓琪不顾大家的反对，毅然执行了晨习英语的政策。对于我这一类"三晚族"（晚睡，晚起，晚到）来说，无不是一个巨大的挑战。我叫苦连天，暗骂这是强权政治，一定要坚决反抗。

连续一周我都没有参与晨习英语的活动，周围同学见面就夸我够英勇，敢和邪恶势力作斗争。我大笑，觉得真给咱们男同胞长了脸。

刚进教室坐定，叶梓琪就主动上来找我了，她严厉地问我："你为什么不来参加班上的晨习活动？"我懒洋洋地道："我每天晚上都忙到好晚，实在不好意思，起不来。况且，这学校规定，早上八点半上课，你非得让我

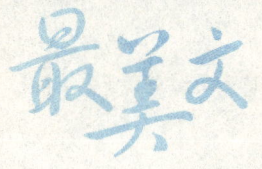

们提前一小时来,你以为你是宪法啊?"

在旁人的哄笑中,叶梓琪尴尬地走开了。我以为,这样我就可以全然脱离晨习的魔掌了,却不知,她竟然把这个活动方案报告给了班主任,大获老师赞赏的同时还不忘盛情地邀请老师抽空指导指导。

我气不打一处来,这不明摆着是针对我吗?

没办法,我不得不忍痛暂放一下我的偶像剧,开始习惯每天晚上早睡,迎接第二天无聊的晨习。

第一次英语模拟考后,我被自己的成绩吓了一跳。在短短一个多月里,我的成绩竟猛地升了三十几分。我心里知道,这和叶梓琪的强权政策脱不了干系,可对她仍没有丝毫地感激之情。

二

在我的无敌口才之下,"反动派"马上成立了。于是,从那天起,自习课上有了一帮人说说笑笑。叶梓琪过来的时候,他们就装傻不作声。叶梓琪一走,他们就又开始了。当然,谁都知道我是领头羊。

叶梓琪又开始将她的强权政策蔓延,企图用精神分裂法来彻底粉碎我的组织。她提议,轮流班长制,每日一人,都能得到锻炼的机会。并且,要在左前方的小黑板上写下自己的座右铭,或者是最喜欢的一句话,让大家都得以共同勉励。

轮到我当班长的那天,我特意梳洗打扮,站在小黑板面前,工工整整地写下一句话——所有自以为是的人,都是无法笑到最后的人。

我顺着走道大摇大摆地阔步下去,两旁的男同学们不停地向我招手。叶梓琪表情如往常,仿佛她全然不知我写这句话的真正目的。

雷打不改的"五四"文艺比赛即将来临,班上投票选举参赛选手,我号召所有的"反动派"成员全都投给叶梓琪,我真想看看,这个五音不全的小女生,该如何应付这次比赛。

结果出乎我的意料，叶梓琪的票数竟和我的票数一样。最后决议，我与她一起准备比赛节目。我当场晕倒，与她合作？合作什么？她随便唱一首当红的流行歌曲都能让旁人分辨不出是何曲目，怎么准备节目？

　　叶梓琪倒还挺会顺墙就爬，马上过来跟我说，所有的一切都交付于我手上，任凭我安排。我想，反正趁这个机会也能好好治治她，便答应了。

　　左思右想，比赛节目必须扬长避短，所以只能寄托于舞蹈了。

　　我所编排的舞蹈里，有一个高难度动作，其中一个人必须踩于另一个人肩上，连翻两次跟头。这是一整个舞蹈里最危险，也是最具看点的地方。可以说，是否拿奖，就看这里发挥得如何了。

　　叶梓琪一直要求我站在她的肩上，我心里虽然抵触她，处处与她作对，却还没到非置她于死地不可的程度。我这么重，她如何承受得了？

　　可我也不能让她来踩我，要是途中有个闪失，掉落下来，这伤害绝不压于被踩。最后，我不得不把这一动作，由站换为趴。这样，既没有减弱整个舞蹈的感染力，又避免了危险。

三

　　我与叶梓琪站在台上，多少有些紧张。因为那一经典动作，我与她都不太熟悉。只因在期间的几次排练中，我发现她的膝盖已经红肿渗血。要是换我，我一定会放弃比赛。可她却死活不肯，硬要趴在地上让我一次次演练。记得她说过，这不是我与她的荣誉，而是整个班级体的荣誉。

　　那一刻，在感动之余，我忽然想起不久前的野炊。她站在高坡上，亲手将24名柔弱的女生一一拉扯上去。当中有一次，她猛然摔倒了，双膝下地，却还是强颜欢笑地站起来，完成了剩下的任务。

　　最后，我与她达成了协议，此动作不再排练，养好伤，把最好的一面展示在舞台上。

　　登台，一段舒缓的音乐之后，叶梓琪安静地趴在绚烂的礼堂灯光下，

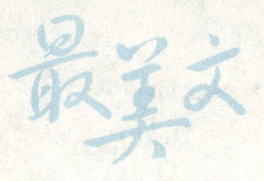

我深吸了一口气，迈步上前，一个跟头翻踩于她的背上。黑压压的台下，顿时掌声四起。

紧接着，我稳了稳身形又是一个跟头。她在我起身之时艰难地摇晃了一下，随即又马上挺起了后背，等待我的坠落。高高的舞台上，我能明显感觉到她的双肩在不停地颤抖，而那些将要愈合的旧伤，仿佛在我这一压之下，又瞬间撕裂……

刺目的领奖台上，叶梓琪与我都挺直了后背。看着她那已被大汗浸湿的衣领，我忽然明白，这个柔弱女生连续两年被选为班长的原因。她捧着奖杯朝我回头看的那一刻，我有些哽咽了，却止不住地含泪大笑。因为她让我明白，真正坚韧并懂得宽容的人，才是笑到最后的人。

（原载《意林》（少年版）2009年第5期）

那些优秀的人，背后一定有我们应该学习的精神力量。你曾经不服过谁，嫉妒过谁，可是后来又为什么那么喜欢跟他一起奋斗？这便是精神的力量。

让友情穿越一个迷茫冬季

文 / 杨宝妹

为了找到一个好朋友,走多远的路也没关系。

——托尔斯泰

秋

物理课上,正当我被玄妙至极的相对论吸引得忘乎所以时,辛小歌忽然猛拍我的肩膀:"小子,你有没有想过一个问题?这可是很多学者都容易忽视的一个问题!"

辛小歌故作高深的模样,让我产生了好奇:"你说,哪个问题?""傻啊,当然是关于这些伟人的爱情问题啦。譬如,举一个最简单的例子,你知道爱因斯坦最喜欢的人是谁吗?"辛小歌这个绝对八卦的问题,真把我给难住了。

辛小歌得意至极,在课后挨个同学地询问。所有人眉头紧蹙,都不知道这伟大人物最喜欢的人到底是谁。辛小歌在一片嚷嚷声中道出了答案:"爱因斯坦,爱因斯坦,那他最喜欢的人一定是因斯坦啦!人家都在名字里告诉你们他最喜欢的人是因斯坦了,你们还问,真笨!"

结果,自以为聪明绝顶的辛小歌被全班同学冷落了整整一下午。他在后面一个劲儿念叨:"小子,你也不理大姐了吗?我可是比窦娥还冤啊!"

辛小歌的乐观情绪已经到了无以复加的地步。每次恶作剧后,不管我们如何攻击她,冷落她,甚至是侮辱她,都无济于事。她总是咧着嘴巴,

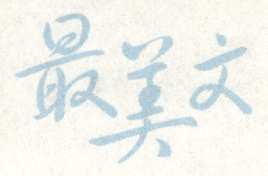

像拍牙膏广告的那些明星一样，露出一排洁白的牙齿，嬉笑着说："来吧，来吧，高尔基都说了，让暴风雨来得更猛烈些吧！"

不过，近些日子里，辛小歌似乎变成了另外一人。她很少说话，耷拉着脑袋，偶尔碰到老师提问也是心不在焉。就算讲到爱迪生，她也不再兴奋异常地问我爱迪生最爱的人到底是谁了。我心里犯了嘀咕，辛小歌的乐天情绪是不是也已经进入了落叶飘零的秋季？

傍晚放学，我骑自行车跟在辛小歌身后，一遍又一遍地问她："小歌同学啊，我作为全班少先队员的代表来问你，最近到底发生了什么事儿？"

辛小歌不理我，把自行车蹬得呜呜作响。街道上车水马龙，人潮汹涌，我不敢再招惹她。万一她撞上了车有个三长两短的话，那我剩下的这几十年就得由寒窗苦读换成铁窗含泪了。

"辛小歌，你慢点儿，我决定不追你了！"任凭我把嗓子喊哑，辛小歌也没有半点减速的意思。斑马线上的同学齐齐回头看我："你何时喜欢上辛小歌的？你可真够勇敢的！大街上也能这么直白？"

我差点喷血，辛小歌啊辛小歌，我的万世英名，就这么让你给葬送了。

冬

关于我在马路上狂追辛小歌的传言，终于在第一场冬雪后得以平息。

谣言不但泛滥得神乎其神，还添加了不少韩剧的情节。同桌一本正经地问我："小子，真看不出来啊，你受外国思想的毒害这么严重！"

面对这样的传闻，我和辛小歌都已经习惯了沉默。起初，兴许我会打趣地说："哪里，哪里，绝对是狗仔队的绯闻，稍后我的经纪人会替我澄清的！"可后来，我再不会这样了。因为我发现，以玩笑对待传言，犹如火上浇油。

更让人难以想象的是，一向英明神武的班主任，竟然对这样不着边际的传闻起了疑心，先后找我和辛小歌谈了几次话，语重心长地说："你们两个啊，平时得注意自己的言行。既然是班委，就得做好表率嘛！"

我欲哭无泪。最让我惋惜的是，辛小歌为了平息流言，竟然放弃了我和她的纯真友谊。她在我的外语课本里夹了一张惨白的纸条，上面赫然写着："以后咱们还是不要说话了吧，我不想再让其他同学误会！想想，你成绩那么差，我怎么可能喜欢你？"

辛小歌以近视为由，调到了前排。我与她的友谊，如同这个季节的温度一般，直线下降。兴许，我该更为绝决一点，用以彼之道还施彼身的方法给辛小歌写去一张纸条，郑重其事地告诉她："我也不可能喜欢上你这个刁蛮任性的丑八怪！"

我始终没有那样做，不论怎样，我都尊重我和辛小歌曾经的那份友谊。即便，我们从此再不能做朋友，可我还是希望她能一如从前地开朗。

辛小歌坐进了教室里的黄金地段，周围不是科代表就是老师的重点培养对象。她是该坐进这样的位置的，她成绩那么优秀，且努力上进，怎么能坐到一个名次倒数的男生后面呢？

我开始有些懊恼，为辛小歌的世俗，但这又能怎样？

春

刚开学，我便收到了一张莫名的纸条。淡蓝的笔迹，字体俨然是辛小歌的风格："你注定一辈子都只能倒数！窝囊废！"

虽然，这张纸条上没有明文写着我的名字，但我似乎就是确定，这张纸条绝对辛小歌给我的。我眼里蓄着委屈的热泪，努力睁大了眼睛，不让它们掉落出来。此刻，辛小歌正在前排人才济济的战营里谈笑风生，眉宇间充满了趾高气昂。

我开始了昏天黑地的苦读。我想，在过期的友谊和受损的尊严之间，我该做一次重大抉择，我选了后者。至少，我不想让所有"人才战营"里的成员们看扁。

在这一个万物复苏的时节，我的名次如同风中春笋般，细致而又艰难地向上攀沿。我习惯了晚睡早起的生活，习惯了题海战术，甚至习惯了周

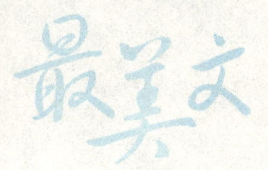

围一切堕落同学的冷嘲热讽。我心里聚集一团愈渐热烈的火，似乎只有这种一刻不息的奔跑才能让它获得片刻解脱。

周考，月考，期中考，我亲眼看着自己的名字，一点一点地向着辛小歌的名字浮动。我买了许多习题册，没日没夜地在草稿上演练。我的目的很简单：我只想有一天，辛小歌恭敬地捧着一道无法解开的题目前来找我，那么，我便可以痛痛快快地对她说上一句："这种题目你都不会解？你真是个窝囊废！"

事实上，直到我的名字越过辛小歌的肩头，她都不曾主动跟我说过半句话。我的课桌里堆满了年级颁发的奖品，我有些忧伤。如果是去年夏天，辛小歌一定会不由分说强盗似地将它们掳去大半。而现在，我们早已各自丧失了这种分享快乐的能力。

春末的清晨，当我打开外语课本朗读时，从翻飞的书页里忽然掉出一张喜庆的贺卡。贺卡上，依旧是淡蓝的笔迹："小子，生日快乐！你中计了！"

我恍然大悟，原来辛小歌一直记得我的生日，一直在不远处默默地注视着我。

辛小歌在街上冲着我大喊"小子慢点儿，我决定不再追你"的时候，我忽然有种措手不及的感动。身后，辛小歌正在急急赶来，我分明看到，有一滴名叫友情的热泪，正轰隆隆地穿过了迷茫的冬季……

（原载《情感读本》（道德篇）2011年第11期）

> 我仍然会不可抑制地想起那些男生女生，清晰的面庞，暖暖的笑，那是贯穿我青春记忆里最生动的回想。我甚至觉得，他们就是世上最好的男人女人了……

陌生爸爸

文 / 郭紫雯

　　友谊不用碰杯，友谊无需礼物，友谊只不过是我们不会忘记。

——王蒙

一

　　苏乐童有一把精致的小剪刀，对于他来说，这把剪刀就是一个不可告人的秘密。他时常会拿着一撮细碎的头发跑来问我："嘿嘿，猜猜看，这是谁的头发？答对有奖，答错也有赏。"

　　每每碰上这种问题，我总是惊慌失措地先摸摸自己的头发。苏乐童皱着眉头鬼叫："我有那么卑鄙吗？跟你说过很多次了，我从来不欺负智商有问题的孩子！"

　　苏乐童是我见过的最调皮的男生，真想不明白，为何他肚子里能装那么多坏水。更让人疑惑的是，这种成天没个正经的人，竟然能稳坐班上外语成绩第一的宝座。于是，我绝对有理由怀疑，苏乐童不是一个真正的中国人！

　　我一口咬定苏乐童是个低等的混血儿，苏乐童急了："请不要怀疑我的身份！我是一名中国人，我热爱我的祖国！"这句话如果是喊在国外，绝对能让同胞兄弟们热血沸腾。可要是嚷嚷在中国大陆的中学教室里，就难免让人对他的智商产生怀疑。事实已经表明，班上很多同学的确对苏乐童的

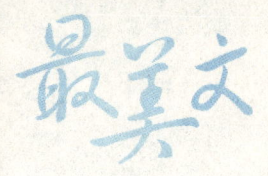

智商报以了高度的怀疑。

我和苏乐童几乎无话不谈,但惟独有一个问题,我无法向他敞开心扉。苏乐童也好奇至极,总是拉扯着问我:"小子,好像从来没听你提过你爸爸的事情,他老人家不会是间谍吧?即便是,咱们关系那么密切,总得透露一点,是不?"

对于这个问题,我始终都是打岔和保持沉默。我该怎么说出口呢?难不成要我嬉皮笑脸地告诉他我没有爸爸,他在很早之前就已因病去世了?我不想接受任何人的同情,更不想因此被埋上浓重的单亲家庭的阴影。

苏乐童似乎对这个问题失去了兴致,终于不再纠缠不清。

二

周四的语文课上,苏乐童给我传来了纸条:"小子,给你出个谜语,要是你猜对了,将有机会获得年度大奖。看好了啊,'鹰猫六只脚,告诉你你都不知道。'说,是什么动物?"

我蒙了,想了半天,不但没明白鹰猫是什么东西,更不清楚什么动物长了六只脚。于是,只得在课后向苏乐童虚心请教。他故作深沉地拍了拍我的脑袋:"孩子,这都不明白?看看,不都已经说了吗?'鹰猫六只脚,告诉你你都不知道。'你的脑袋真有点残疾,不就是鹰和猫吗?真是告诉你你都不知道!"

苏乐童爆笑的样子,让人觉得有些憋气。放学后,他请我去必胜客大吃了一餐,嚷嚷着说是吃散伙饭。我一面头也不抬地狼吞虎咽,一面含糊不清地问:"你要转学了?下学期打算跟你的黑人老爸回美国?"

苏乐童抓住我手里的比萨再次警告:"我是中国人,记住了!再者,谁告诉你吃散伙饭就意味着永不再见?难道就不能短暂分开?"

没过多久,我便因成绩"下降卓越"进入了班主任手里的"黑名单"。说实话,我并不害怕倒数,我所担心的,只不过是周末的那场差生家长会。

当天,所有的家长都到齐了,惟独我,只身一人。班主任在台上暴跳如雷:"李兴海,你爸妈呢?"我心虚得声若蚊蝇:"他们都出差去了……"后来有同学说,那天的会议,班主任一直铁青着脸。反正我从始至终都低着头,反正我看不见。

我真不想告诉母亲,我因成绩倒数而要她去参加家长会。再者,我更不想看到她在众多家长中的孤独背影,甚至,我害怕班主任会不知内情地问一句:"李兴海,你爸爸怎么没来?"如果真是这样,母亲一定会微笑着说:"他忙,暂时来不了。"而后,在回家的路上默默流泪。

三

不知从哪儿传来风言风语,竟无故猜中我是个单亲家庭的孩子。苏乐童对好事者说:"请勿制造绯闻!谁说李兴海没爸爸?前几天我还看到他老人家开车来接这小子呢!"

虽然我暗地里咒骂苏乐童吹牛不打草稿,但心眼里还是溢满了感激。周末,所有寄宿生都赶着回家,校门外停满了各条路线的公共汽车和的士。我忽然发现,自己成了周围同学关注的焦点。或许,他们真想知道,我到底是不是没有爸爸的孩子。

我咬牙镇定着,慢慢走近了一辆中年男司机驾驶的面包车。这种没挂出租牌的面包车,通常不是家用便是载客。我默默祈祷,希望他能载客,否则,一切美丽的谎言将会支离破碎。可另一面,我又心生忐忑,因为我口袋里的钱,刚好只够坐公车。

怎么办?怎么办?两难之下,我到底还是选择了上车。心想,只要他把我载过这段路就行。我会告诉他实情,会将唯一的两块钱交给他,独自背着书包小跑回家。

司机见我过来,热情地下车为我打开了门,那种亲切的微笑,真如同慈父对自己的孩子一般。透过墨色的玻璃,我分明看到那群喜欢搬弄是非的同学瞠目结舌。

车子缓缓启动,我尴尬地指着不远处的站牌对司机说:"叔叔,到前面

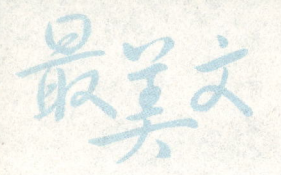

那个站牌停下就行。我身上只有两块钱，非常抱歉，刚才之所以上车，完全是因为……"

还没等我把话说完，他便微笑着开了口："两块钱够了！我这车就是每趟两块钱。说吧，孩子，你要到什么地方？"

我心里有股难以言明的热流在涌动，我的鼻子有些酸楚。下车前，他客气地朝我招了招手："继续照顾我的生意啊！"我点点头，含泪下了车。

之后的每周末，我都能在校门口看到他的身影。偶尔有人上前询问，但都遭到了他的婉拒。他似乎是在等我，更或者，是专程来送我回家的。

班里的谣言逐渐散去，冬雪也渐然铺盖了这个城市。我始终没有告诉苏乐童，关于我和那个中年司机的秘密。我真害怕，这份珍贵的友谊会因我的贫寒家境而变质。

期末考试过后，我终于想通了，如果苏乐童是真把我当朋友的话，他一定会理解我的处境。于是，拖着行李出门时，我硬拉上了他。

司机依旧坐在小车里等我，我刚想对他说声谢谢，便听到了苏乐童的呼喊："爸爸！"

我心里一惊，恍然明白了整件事情的前因后果。苏乐童，我想我们会是一辈子的好朋友，谢谢你的真诚和体贴，谢谢你借我一个让人感动的爸爸。

（原载《语文报》2015年第33期）

感谢生命中有这样一个人，理解自己的苦处，并小心翼翼地呵护着自己敏感的自尊。

范曾和朱军的莫逆之交

文/高小宝

士为知己者死,女为悦己者容。

——《战国策》

著名节目主持人朱军业余时间喜欢画画,一有空,他就拿起画笔信手涂鸦,时间久了,倒也画得有模有样,在朋友圈中攒了些名气。但朱军深知,自己是门外汉,对绘画只是略懂皮毛,很多技巧和意境全凭自己揣摩,而且画到一定程度便很难再有突破。因此,他特别希望能够得到画坛名家和专业老师的指点和帮助。

机缘凑巧,2008年的一天,姜昆请朱军去给著名画家范曾帮忙策划一个活动。一听是范曾,朱军登时眼前一亮,当即欣然同意。去的时候,他特意带上了几幅自己的画作。

范曾看到朱军非常高兴,两人一见如故,相谈甚欢。商量完活动的事,范曾见朱军手上一直拿着一卷东西,就笑着问朱军拿的什么宝贝。朱军红着脸说,是他的几幅画,想借此机会让范先生指点指点。

范曾认真看起那几幅画,先是给了很高的评价,然后又一一指出其中的不足,当场令朱军受益匪浅,深感钦佩。

朱军忽然心里一动,起了拜范曾为师的念头。可当他把这个想法说出口后,范曾并没有立刻答应,而是从书架上抽出一本书对朱军说:"你要拜

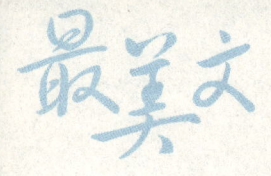

我为师，就先把《离骚》背一半再说。"朱军听了心里直打鼓，楚辞的语言风格和现代白话文大不相同，这不是在刁难我吗？心里虽然这样想，可他嘴上不敢说，只好拿上书拜别而归。

回家后，朱军怎么也想不通学画画和背会《离骚》有什么关系，可又想到范曾德高望重，知识渊博，这样做必定有他的用意。当下，便不再胡乱猜测，一心一意背起《离骚》来。尽管背的过程十分辛苦，但功夫不负有心人，半个月后，一部《离骚》还是让朱军背了下来。

范曾原本要求朱军把《离骚》背一半，没想到朱军竟全部背会了，他高兴他说："真是孺子可教啊！从今天起，你就做我徒弟吧！"朱军大喜过望，当即倒地便拜。

范曾语重心长地对朱军说："我让你背《离骚》，就是想看看你对学画有没有足够的决心和努力，我收徒的第一原则，就是凡事要努力，你没让我失望。"朱军这才恍然大悟，同时也为师傅的良苦用心感慨不已。

此后，在范曾的悉心指点下，朱军画技大进。2012年"五一"期间，央视名嘴集体举办画展，场面异常火爆，朱军的画作深得范曾真传，受到圈内人士的一致称赞。

2008年8月，奥运会首次在中国举办，世界瞩目，身为主持人的朱军工作特别繁忙，他累得筋疲力尽，心情很烦躁，忍不住到师父范曾那里诉苦抱怨。岂料，范曾慢条斯理地说："你嫌累啊，那好办，回去找你们台长辞职，你不好意思说，我去。"说完，便把朱军一个人晾在楼下，自己上楼看书去了。朱军傻了，本来是想让师父安慰他，没想却碰了一鼻子灰。

过了一阵，他上楼讪讪地对范曾说："我想通了，我还得干。"范曾语重心长地说道："要干，就不要埋怨，埋怨只能让你心情不畅快，还影响工作质量。既然这个事你又不能不干，那何不愉快地去干，不要好像自己受了多大委屈似的！"听完师父一番话，朱军为自己的不成熟和冲动脸上感到羞愧。从那以后，他变得更加平和豁达，更加任劳任怨，连续多年蝉联观众最喜欢的节目主持人之一和获得多项荣誉称号。

范曾不但是数一数二的著名画家，而且是造诣颇高的国学大师，自从朱军拜范曾为师后，范曾不仅教朱军画画，还经常帮他指点人生困惑，引导进步。一次两人促膝喝茶时，范曾提醒朱军不要满足于做一个明星，而要做学问丰富内涵。据他所知，在实践岗位上的主持人到目前还没有谁写过专业著作，他建议朱军写一本实践的专业书，去填补专业的"空白"。继而他告诫朱军："你该沉下心来做些学问了，不然太可惜了。"

对于写书，朱军倒也不陌生，此前他已出版两部专著，不过写的都是自己的人生经历。师父苦口婆心的话句句敲打着他的心房，他决定把自己从业20多年的职业感悟做一次理论升华。

2013年10月22日，朱军的新书《朱军荧屏悟语》正式出版，范曾不但亲自为该书写序，而且在发布会上，还从百忙之中赶来捧场，师徒情谊羡煞旁人。

多年来，朱军对范曾毕恭毕敬，有礼有节，范曾也对朱军厚爱有加，关心备至。两人惺惺相惜，坦诚相待，亦师亦友，相互扶持。虽然有年龄上的悬殊，但丝毫不影响他们的真心交往和对艺术对人生的美好追求。从某种意义上来讲，他们的交往，是对"莫逆之交"这四个字的最好诠释。

（原载《人生与伴侣》2014年第18期）

人生得一知己，足矣！在经历过那么多虚假透顶的相逢和交往后才发现，人生走到最后，其实只需要一个知己！

第四辑

若是懂得,无言也暖

　　漫漫长路里,总有一段路坎坷难行;茫茫人海中,总有一些人,在你成功时未必会锦上添花,但在你失意时,却一定能看得见他们默默相陪的身影。只要有一颗纯洁纤尘不染的心,即使没有蜜语甜言,但只要懂得,无言也暖。

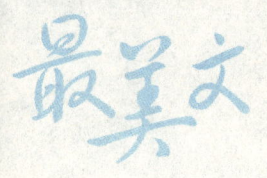

我家住在麻风村

文 / 李瑞

> 孝子之至，莫大乎尊亲；尊亲之至，莫大乎以天下养。
>
> ——孟子

2004年毕业于扬州大学医学院的董淑猛和志同道合的学中医的女友徐娜南下广东。风华正茂的他们的目的地不是繁华热闹的城市，更不是人头攒动的综合医院，而是座落在广东省开平市蚬冈镇大山沟里的玲珑医院。

玲珑村，一个名字优美的村庄却住着一群说话含糊不清、身体有缺陷的麻风病痊愈者。他们多是五六十岁，最大的90多岁，住在两排平房里。

进入玲珑村，二人首先看到的是病人畸形的肢体，流脓的伤口和惊恐的表情，这些无一不震撼着他们的心。"那种自卑、躲闪、绝望、渴盼的眼神，总在眼前晃动，怎么也忘不了！"董淑猛回忆："那一刻，我萌发了当麻风病医生的念头。"家人反对，朋友不解，工作危险，但他们还是坚持了下来了。有人说他们太傻了，董淑猛憨厚地说："要做'社会需要的傻子'。"

玲珑医院条件艰苦，收不到电视，上不了网，手机信号时有时无，没有任何娱乐活动。购买一针一线、瓜果肉菜，也要去20公里外的镇里。天旱，山里缺水，池塘干涸，饮用水要靠一台老式抽水机，从170多米深的地底抽上来；雨天，易滑坡塌方，山路常被堵塞，常常一连好多天吃不上菜，只能用盐煮稀饭。30多岁的董淑猛每周下山一次，到20公里外的镇里采购食品储存在冰箱里，工作之余他扛起锄头，自力更生。为解决吃饭的问题，从来没有干过农活的他还拿起锄头，在医院附近的荒地开辟"小菜园"。如今，董淑猛已经退休的老父亲也来到这里帮儿子开垦，吃不完的蔬菜还常与村民分享。

和麻风病人相处期间，董淑猛一直在思考一个问题："减轻病人的痛苦，还要增加病人的快乐。"最初帮病人看病的时候，董淑猛和徐娜都要戴着口罩穿着防护衣等严密武装，不仅是为了防止被传染，仅病人伤口上的气味就让人难以忍受。但他们想到自己是医生，为病人解除痛苦是自己的职责所在，所以他们不断对自己说"要坚持下去"。

56岁的病人财叔患的是最严重的一种麻风病，已经到了晚期。董淑猛最初见到他的时候，着实吃了一惊：他的两只眼睛已近失明，手和脚严重溃烂。比起身体的病痛，令财叔最感凄凉的是遭家人遗弃。因为没有结婚，弟弟是他惟一的亲人，但弟弟只是偶尔送些钱，从不来看望他。于是，董淑猛和徐娜便担负起了医治财叔的重任，一周两到三次用药水帮他擦洗溃疡。在两人的精心照料下，老人的病情逐渐好转，饭量也大增了。

在玲珑村，类似财叔这样的病人有很多，由于怕把麻风病传染给别人，很多患者都不愿与生人接触，无论生活还是精神，都是相当寂寞的。董淑猛和徐娜十年如一日，照顾他们的生活，医治他们的病，抚慰他们的心灵。"以前患病后就是等死，现在不同了，飞来了两个金凤凰，他们俩就是我们的儿女！"财叔感激道。

所谓精神治疗胜过处方。董淑猛说，给麻风病人治病不仅要用手去触摸他们身上的伤口，还要用心去抚平他们心灵的创伤。2004年的中秋节，病人们过上了自己的第一个联欢活动，这是徐娜提议的，名字就叫"玲珑是我家"。活动展开得很顺利，病人们有的唱着粤曲，有的哼起开平小曲，其乐融融。2005年中秋，二人和病人们合作，编制了好多大红灯笼，病人们有的负责砍竹子，有的负责糊红纸，玲珑医院充满了家的温馨。10个年头的年夜饭，二人都没有回过老家，每年都会买来鲜肉和面粉包饺子，给每个村民送上一份饺子，与他们一起吃团圆饭，陪伴他们度过一个个充满欢声笑语的春节。

2006年4月，董淑猛和徐娜在玲珑村举行婚礼，把家安在了麻风村，56位身体残弱的孤寡老人是他们爱情的见证者。谈及为何不回老家举办婚礼，徐娜说道："我们希望把我们最幸福的时刻和老人们分享，让他们感受到我们是一家人。"

2014年8月，他们添了一位小公主，她的到来为玲珑医院带来了更多的欢乐，她的每一次笑声似乎都在告诉人们，这是一个充满爱的地方。董淑猛感慨地说："我们的爱在玲珑医院深深地扎根了，我们孕育了一颗爱的种子，希望她能将爱心延续下去。"

两个风华正茂的大学生的事业从玲珑村开始，他们选择了一个令人听而生畏的职业。10年来，他们用爱送走一批人，又迎来一批人并在玲珑村坚守至今。医者父母心，他们不仅减轻了患者病痛的折磨，更带给他们一个温暖的家。

（原载《做人与处世》2015年第7期）

羔羊跪乳，乌鸦反哺，百善孝为先，存一颗感恩的心。为了报答生命的给予，我们实在不应该轻视和浪费每人仅有一次的生命历程，去浪掷青春，一生庸庸碌碌。而应该让生命达到新的高度，体现出生命的价值，让生命更有意义，显出生命本应拥有的精彩。

若是懂得，无言也暖

文/张燕峰

> 人世间的一切荣华富贵都不及一个好朋友。
>
> ——伏尔泰

那天，她相恋了八年、无数次花前月下海誓山盟的男友走上了婚姻的红地毯，而新娘却不是她。获悉这个消息，她的眼泪汹涌而下，然后拔足狂奔。穿过密集的人流、车流，她发疯般地跑到海边，全然未闻他紧随其后并大声呼喊她的名字。

她扑在沙滩上嚎啕大哭，如海水澎湃。不知哭了多久，最后只是呜呜咽咽，如潮落后大海的悲鸣。

直到她完全安静了下来，才发现了身边的他，他的眼里全是浓浓的心痛和怜惜。整整一个下午，她不说一句话，八年中存在记忆里的点点滴滴，一一在心头流过，又一一从心头卸下。他也不说一句话，安静得像一尊塑像。

当暮色四合，满天星辉的时候，她起身离开，心中已是风轻云淡。他仍然像来时一样，紧随其后，亦步亦趋。

多年之后，她回忆道：他没有说一句劝解宽慰的话，因为懂得，所以是一次最温暖的陪伴。人事沧桑，当年的伤痕早已渺迹无踪，化为尘土，化为云烟。但唯有那场无言的陪伴，明媚如隽永的画，悬挂在记忆的门楣

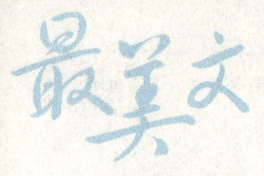

上，鲜活如昨，温暖如初。

那年，他因久被主管压制，恶劣的情绪像火山一样，终于不可遏止地喷发了。主管一向盛气凌人，自然不甘示弱，用不可一世的傲慢眼光睥睨着他，拳头一直在他的眼前晃动。他终于偃旗息鼓，败下阵来，在主管虎狼一般的咆哮声里，他缩着脖子，灰头土脸地离开，身后传来同事们的哄笑声，肆无忌惮。

他被贬到分公司里，拜主管所赐，分公司的人对他敬而远之。尽管他每天都笑脸相对，但仍不可避免地成了"边缘人"，苦闷、彷徨，心如同跋涉在茫茫的沙漠，看不到生命的绿洲。

就在这时，同事老张走进了他的生活。老张从来不跟他聊单位里的人和事，只是有时送他一包老家捎来的茶叶，有时给他带几块老婆做的小点心，有时是几张歌碟。带来更多的是各类书籍，文学类，哲学类都有，有好多都是与他专业有关的。

茶叶清香醇厚，点心甜软爽口，在日复一日的歌碟和书籍的熏陶浸润中，他一步步打破了心造的囚牢，性情也随之大变，更出人意料的是，他的才干也增长不少。

枯木逢春，终于迎来了云开日出的时候。那天，董事长偶尔来分公司视察，发现他有头脑有卓越的见识，于是当下下令调他回总部任总经理助理。

多年之后，他成立了自己的公司。他说自己之所以能东山再起，就在于老张陪他走过命运的风雨泥泞，虽然不曾嘘寒问暖，或说过一句感人肺腑的话，但那段时光是他生命中最温暖的片断。

他多年心血终于培育出的杂交谷子，获得了国家专利。一时间，他声名鹊起，成了小城里的名人。记者采访他，报纸连篇累牍地报道他，电视也播放他的专题片，他忙得不可开交。

原来鄙薄嘲笑他一身酸腐之气的同事、同学、邻人，也个个趋之若鹜，竭尽阿谀奉承之能事。他碍于情面也就日日觥筹交错，醉眼迷离之中，人们的领带飞起来，变成一把把利剑，直刺他的心窝。唯有老张，不即不离，隐在人后的那张笑脸最真诚，在一片喧嚣之中，也许只有老张没有向他道一声"祝贺"。

但这又有什么要紧呢？他唯有在与老张那双澄澈的眼眸对视中，才真正有了脚踏实地的宁静安详，那一刻，他才明白，他还是他自己。

褪去耀眼的光环，淡出公众视野之后，他的门前早已是门前冷落鞍马稀，只有老张隔三差五地与他杀上几盘，或者邀他到小酒馆喝一杯二锅头。当然更多的时候是相顾无言，有时杀到尽兴处，喝至酒酣时，击掌大笑，亦不复一言。

他说，这些年里，逆境里熬过，名利场上滚过，寻常之境也走过，眼前的人走马灯地换过，唯有老张方可称得上是真朋友。他从来没有用热辣辣的话来蛊惑你，但那种发自内心的理解尊重，是他人生中最温暖最宝贵的财富。他捋须而叹：功名利禄与之相比，实轻为鸿毛，人生得此知己，足矣！

漫漫长路里，总有一段路坎坷难行；茫茫人海中，总有一些人，在你成功时未必会锦上添花，但在你失意时，却一定能看得见他们默默相陪的身影。只要有一颗纯洁纤尘不染的心，即使没有蜜语甜言，但只要懂得，无言也暖。

（原载《语文报》2014 年第 35 期）

大爱无言，大音稀声，任何深沉的爱都是无声的。可是你是知道的，不论什么时候，不论你在哪里，正在经历着什么，他都一直默默地陪着。

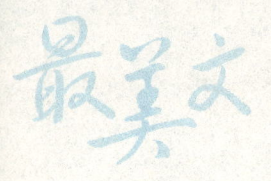

我并不要刻意感动谁

文 / 段奇清

　　要是一个人的全部人格、全部生活都奉献给一种道德追求，要是他拥有这样的力量，一切其他的人在这方面和这个人相比起来都显得渺小的时候，那我们在这个人的身上就看到崇高的善。

——车尔尼雪夫斯基

有人说，他的事迹太感动人了！他却说，我并不想刻意感动谁，只是为了追求自己的一份快乐和幸福。

在年轻时，他最爱看的就是电视节目中和报纸上那些给人捐款的事了，可他那时总感到很惭愧，因为他收入微薄，家庭负担重，拿不出钱来去做善事。

23岁那年，一天，他听人说，一个急需要输血的病人因医院缺乏血浆，结果不治身亡。听到这，他心中难过了好半天。后来他想，既然医院这样缺乏血浆，自己为何不到医院去献血呢！自己没有钱去做好事，可胳膊一伸，这血就可以汩汩而出。

第一次献血时，仿佛有一股暖流在心头涌动，他觉得自己已打开了人生快乐幸福的闸门。这时他才明白，难怪很多人做善事，原来做善事可以让人得到这么大的好处啊!

可是那天,他骑了自行车急急地赶到扬州红十字会中心血站去献血,没料到,血源管理科科长周健却拒绝了他,他急了,几乎和周健吵了起来:"我每流出 400 毫升鲜血,说不定就可救活一个人的生命,这样的事你为什么不让我做呢?"周健说:"不是不让你做好事,只因国家有规定,一个人一年只能献两次血,你还是一年以后再来吧。"他不相信这是真的,直到人家拿出盖了大红印章的文件他才遗憾地走了。

最初一段时间,由于工作不固定,他的工作地点也就经常变化。变化的是工作地点,不变的却是献血做好事追求快乐幸福的心。他这颗滚烫赤红的心从扬州到南京、徐州、南通、上海、太原等 10 多个城市,就像一面鲜红的旗帜不断移动着飘扬在人们的心头。

直到 1994 年,他进入中石化扬州石油分公司江都邓庄油库,他才有了固定义务献血的地方。从江都到扬州血站,有着 20 多公里路程,该献血了,他会骑上自行车,到血站献完了血,再慢慢地骑了自行车回家。

献血后,一般人会有一种疲惫感,有人说,你骑自行车不会有危险吗?就是乘公交车也要不了多少钱啦!他说,没事,这么多年我都是这么过来的,骑自行车时,当心一些,速度慢一点就行了。

他为什么要节约这么一点钱呢,原来每次献血后,他也就有了 200 元的误工交通补贴,他想,这样一来,一件事就可得到双份的快乐与幸福。因为可以用这钱资助贫困的孩子去上学。他开始是将这 200 元连同口袋中的 50 元一起放进红十字捐助箱。后来随着自己工资的增加,献血后他放到捐助箱的钱也就越来越多。

曾一度让他最为纠结的就是一年只可献两次血,两次血献过之后,那种漫长的等待总让他的心空落落的。2006 年,一个消息让他特别振奋,原来,国家规定一个人除了每年献两次血以外,还可每月捐献一次血小板。

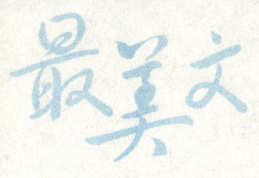

从此,到了该他去捐献血小板的时候,不管是刮风下雨还是结冰下雪,不管是骄阳酷暑还是电闪雷鸣,他都会毫不延误地去捐献。

"当一个人要执意去做善事的时候,就绝不能在乎日子的清贫。"他说。走进他的家中,一间30平方米的房子、一张单人钢丝床、一张双人木板床、一台旧电视,居家"大件"仅此而已。在当地,还流传着有关他一件棉袄的感人故事:

2003年春节后,他与同事中石化扬州石油分公司的员工陈宝海,在公司开完会回油库的途中,看到一家商店普通的休闲装正在搞特价,每件只要85元钱。当时他只想陪着同事看看,可陈宝海硬是拉着他也买了一件。

8年过去了,陈宝海的那件衣服早已不知去向,可他却将那件衣服当作奢侈品,他穿着它过年,穿着它参加"扬州好人""中国好人"的颁奖典礼等,如今还有八成新。

就是这样一个俭朴的人,18年中献血超过8万毫升,相当于15个成年人血液的总和。他还资助山西吕梁等地180多名贫困学子,累计捐款50万元。所资助的180名学子中有21名上了大学,他要努力让他们一直念完大学不为钱发愁。

是的,他就是王文清。

他并不想去刻意感动谁,只是要追求自己的一份快乐与幸福,可就有千千万万的人被他感动,人们愿意聚集在他的身边。在他的带动下,江都已有4000多人参加了义务献血,有82人先后与吕梁山区贫困孩子结成帮扶对子。

除了献血、捐款外,近些年来,他更是没有双休日、节假日。别人休息时,他不是在工作岗位上,就是出现在帮扶对象身边。江都中心血站一位王姓的会计说:"为了取得帮扶对象的第一手资料,王文清数次前往吕梁山区……真的，我们不能不被他感动，真想和他一样献份爱心。"

王文清总说："一个人最大的幸福就是帮助别人。"

一个人以助人为幸福的人，与其说是一种境界，毋宁说是找到了一处精神高地，也许他不想标榜什么，可大家分明已看到了一面指引着人们通向人生快乐幸福的旗帜在自己心中高高飘扬……

（原载《做人与处世》2014年第8期）

有些慈善更像是一场华丽的噱头，一次成功的作秀，但有些爱却是发自内心的付出。不讨好谁，不欺骗谁，更不图什么回报，我只是想去帮助某些人而已。

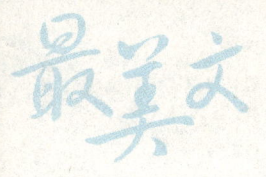

朋友是"痛并快乐着"

文/奇清

相识满天下,知心能几人。

——冯梦龙

崔永元与白岩松两人总在互相"刺"着,刺了自然会"痛"。但他们似乎并不在乎这些,而且以这样的痛让自己快乐着,在快乐中又加深了相互之间的友谊。

一次,央视新闻评论部的内部年会上,举办演出活动。崔永元扮了一位新娘,携带了一个孩子上场,年会主持人白岩松过来"采访":"请问新娘为什么带孩子?生孩子的感觉怎么样?"崔永元答道:"生孩子的感觉是——痛并快乐着。"

台下哄然大笑,"痛并快乐着"正是白岩松出版的第一本书的名字。如果说这次是演戏,或许经过了一番排练,但很多时候,他们相互之间冷不丁就会让对方"痛并快乐着"。

崔永元和白岩松一同毕业于中国传媒大学新闻系,只是他比白岩松早毕业四年,1985年毕业后就进入了中央人民广播电台任记者。

1996年春央视《实话实说》栏目正式推出,选定崔永元为主持人。开播前,制片人时间特意将崔永元领到央视化妆师徐晶面前,徐晶轻描淡写地看了崔永元一眼,说:"老时啊,你怎么老找这样的人当主持人?"徐晶的意思是说《东方时空》白岩松的长相也和崔永远差不多。

白岩松 1989 年从中国传媒大学毕业后的第四年，即 1993 年，崔永元兼职《东方时空》时，推荐师弟白岩松接替他，白岩松随即成为《东方时空》的新闻记者和主持人，并由此一举成名。

"后来居上，小兄弟一飞冲天，无疑成了崔永元心中的痛，让他心理开始失衡。"时间在谈到两人关系时如此说，崔永元也将时间的这段话写进了书中，写完后，也不忘打上一个结："他（时间）也是猜测。"

时间抖搂出的徐晶的"埋怨"，此后便成了两人"交锋"的话题。一次北京外国语大学请崔永元做讲座，说到当年他不再兼职《东方时空》的事，崔永元说："那时我总想成为央视的正式一员，那天，忽然灵机一动想出了一招：可以找一个更难看的人，如果观众接受他，我就有希望了，于是就把白岩松推荐过去了……"

台下笑声一片，掌声一片。一位女生对崔永元说："崔老师，你知道白老师是怎么说这事的？他说台里先推一个丑的，看反应不大，就把最丑的推出去了。"

这里面也有一个故事：筹备《实话实说》栏目时，时间再次让崔永元推荐主持人，崔永元这次学乖了，他要汲取上次的教训，不再让肥水落入外人田，直摆手："没了，就剩下我了。"于是"伯乐"崔永元也跟着师弟白岩松"跳"进央视。

无论外界怎样八卦他们师兄弟，他们也常常"隔空对话"，可从来没人发现他们的友谊减损半分。

名人出书，有人"撇嘴"，白岩松出了《痛并快乐着》后，崔永元在与主持人张越说起这事时，也表示过"不屑"："小白还是一个我挺看得起的人，怎么就混到这个堆里去了？"不久后崔永元又说，"他出书挣了好多钱，挺让人羡慕的……"与其临渊羡鱼，不如退而结网，后来崔永元也出了一本书：《不过如此》。

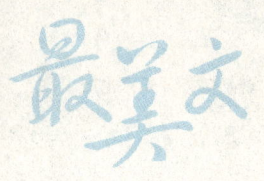

师弟前面引路，师兄后面跟进，这让白岩松挺"得意"的，有时一不小心，竟当着人说出"崔永元是我的学生"的话。小崔当然不愿做师弟的"学生"，一次金话筒奖的颁奖礼现场，获奖的崔永元当时出差。视频连线，主持人让小崔请一位同事代领。

崔永元说："今天到现场的都是我的老师，只有白岩松一个是我的学生，就让他代劳吧。"白岩松成了他的"学生"，崔永元总算又报了"一箭之仇"。

但白岩松也不是那么好"欺负"的，领奖时，他以崔永元的口吻发表获奖感言："能让我最尊敬的主持人白岩松替我领奖，是比我得奖更荣幸的事呀！感谢一直支持我的观众，我要告诉大家，我的抑郁症已治好了，现在不仅能给别人带来快乐，也能给自己带来快乐了。"小崔立即"表扬"了他："不愧是我的学生，嘴真贫呀！"

朋友是"痛并快乐着"，给朋友一些善意诙谐的"刺激"，在自己快乐并给别人带来快乐时，也让人知道了什么才是谑而不虐、妙趣横生的友谊。

（原载《现代青年》（细节版）2014 年第 6 期）

我们难得碰到这样一个朋友，他经常挖苦你、经常损你，可是也正是因为有了他，我们才成长得那么明显。甚至到后来，他突然有一天不挖苦你了，你还不适应了。

沉默的青春被谁打破

文 / 阿杜

  生活赋予我们一种巨大的和无限高贵的礼品，这就是青春：充满着力量；充满着期待志愿；充满着求知和斗争的志向；充满着希望信心和青春。

——奥斯特洛夫斯基

  我是一个胆小内敛的女生，在班上寡言少语，可即使这样，同学们也不肯放过我，只要有机会，他们就爱作弄我。于他们而言，可能只是一次玩笑，但对我来说，却是一种伤害。

  我想摆脱这样的窘境，但不知要如何做？面对这样的事情，只有更沉默地面对。

  我不清楚，为什么会是这样一种情形？我讨厌被人嘲笑，讨厌被人当成傻瓜。我害怕去学校，只想一个人安静地呆着，坐在撒满阳光的墙根晒太阳，或是在浓密的树荫下没有边际地遐想。就算什么也不做，一个人呆着，也挺好的。

  蓝冰转学来的第一天，一脸自信地站在老师身旁向大家作自我介绍，话音才落就博得了如雷般的掌声。看着他微笑的脸，我心生羡慕，他可真行，才刚来就那么受欢迎。我还听到身后的两个女同学在悄悄地说他长得帅，像谁谁。

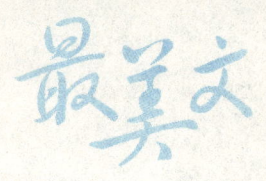

　　有些意外,老师竟安排他坐在我旁边,而让我原来的同桌"小辣椒"吕澄坐到后边去。"凭什么是我走呀?"她骂骂咧咧,临走还故意踢了我一脚,低声说:"让你赚到了,老鼠妹。"

　　我讨厌她叫我"老鼠妹",但全班都这么叫,我也抗拒不了。走了两步,她又转回来,凑到我耳边,轻声说:"老鼠妹,这个帅哥可是我看上的,你别打主意哟!"

　　我的脸在她转身离开的瞬间莫名地涨红。

　　蓝冰走过来时,我紧张而兴奋。"你好!"他坐下来时礼貌地打了声招呼,但我太紧张了,居然不敢应声。

　　见我没反应,他径直坐下,接着说:"以后请多关照,我刚来。"我觉得再不吭声实在说不过去,就"嗯"了一声。"我还以为你不会说话呢!"他笑了,我虽然有点儿不适应,心里却是暖暖的。在这之前,还没男生这么礼貌地对待过我。

　　蓝冰的人缘好,才来没几天,就和班上的同学混熟了,特别是那些女生,一下课就爱围过来,把我们俩的位置围得水泄不通。郁闷死了,我的世界里再无安宁。

　　除非下课铃一响我就离开教室,而那正是她们所希望的。吕澄最明目张胆了,她每次过来都会对我说:"老鼠妹,帮我看着点,别让人抢走啦!"什么人呀?当我是她的丫环吗?

　　心里并不甘愿,怎么说蓝冰也是我的同桌,凭什么让她们来占着我的位置把我挤走?在自己觉得很不错的男生面前,我也有我的骄傲,我也想把自己最好的一面展现在他面前。

　　吕澄一如既往地命令我。

　　大概是想故意让我难堪吧,有一次,她又告诫我:"老鼠妹,以前警告过你的,你别打主意哟!"我不悦地应了一句:"你看上他,他看得上你吗?"

吕澄欺负我惯了，没想到我会当众顶撞她。在一片哄笑声中，她涨红脸，恼怒地说道："老鼠妹，你说什么？"然后冲过来，一时没控制好情绪，竟然打了我一记耳光。我积压在内心的怒火即刻喷发，也举起手，一巴掌打在了她脸上。

所有人都愣住了，大家没想到，一贯老实胆小的我居然敢还手打"小辣椒"吕澄的耳光。事情的突变，让吕澄无地自容，她嘤嘤地哭起来，边哭边骂我。

事情的经过也就一会儿，蓝冰当时也在边上，他看着哭泣的吕澄，说："都是同学，何必这样？"

吕澄哭得泪水涟涟。我木然地坐在位子上，眼神荒芜。我也不知道自己怎么了？就像变了一个人，第一次我做出了反击。

班上的同学议论纷纷，说我平时都是装老实，还说我是喜欢上了蓝冰才变得这样疯狂。流言蜚语席卷而来，瞬间将我淹没。只是我没有想到，蓝冰会在这个时候对我说："为什么要打架呢？难道你没有更好的处理方式吗？"我疑惑地盯着他，怀疑自己的耳朵听错了。他明明亲眼看见，是她们在欺负我，难道我要一直忍气吞声下去吗？

隐忍的泪夺眶而出，我哽咽着说："我的事不要你管，你和他们都一样。"明明是别人欺负我，还问我为什么要打架？我下定决心再也不要理睬蓝冰了。

蓝冰似乎看不出我在生他的气，每次下课依旧会主动与我说话，但我不想再理睬他，他和我始终都不是一路人。他人缘好，花见花开；我是怪物，是活该让人欺负。

有一天自习课，班上的几个男生趁老师不在时，来扯我的辫子。我恼怒地回头瞪他们，他们却嬉皮笑脸地作弄我，引得大家哄堂大笑，我无助地趴在桌子上哭了。

当时蓝冰正投入地想问题，听到我的哭声，才一脸疑惑地转过头来。

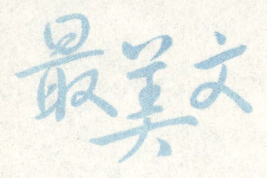

在了解了事情的原委后,蓝冰问领头的男生:"你们怎么这样?"那男生一副无动于衷的样子,跟蓝冰解释说,我们经常跟她开这种玩笑的,一点都不稀奇了。接着又扯了扯我的辫子。蓝冰顿时火了,呵斥一声,让男生放手,并要他向我道歉。

见蓝冰一脸严肃,那个男生脸上挂不住了,他不屑地说:"你是她谁呀?管什么闲事?"

"你这样扯女生的辫子就是不对。"蓝冰说。

"是呀,快道歉,就是你不对。"没想到几个女生也附和着蓝冰的话。

那男生下不了台,就恨恨地冲过来推了蓝冰一把。蓝冰没站稳,整个身子一下压到我的身上,那群男生顿时哄叫起来。蓝冰气极了,他站起来后,猛扑过去,把那男生摁在地上,两个男孩顿时打成一团。

老师进来时,整个教室快闹翻了天。

她站在讲台前,冷冷地盯着大家,好一阵后才说:"你们就这样自习吗?打架的同学都跟我到外面去。"

教室里霎时安静下来,看着蓝冰被老师叫走了,我的心紧张得不知所措。我早已擦干泪痕,只是担心老师会批评蓝冰。他是因为我才打架的,我内疚不已。那天放学后,我一直站在校门口等蓝冰。我也不知道能对他说什么,只是想看见他。

也不知道老师对他们说了什么,当我看见蓝冰出来时,还和刚才那个与他打架的男生一路说着话,俨然好朋友一般。

看见我还等在校门口,蓝冰先和我打了声招呼,然后那个扯我辫子的男生也走过来对我说:"对不起!"我愣愣地看着他们,糊涂了,搞不懂他们葫芦里卖什么药。

"没事啦,以后大家都要做好朋友。"蓝冰说。

看着他脸上洋溢的笑容,再看着他真诚的目光,我不自觉地点了点头。

我不知道蓝冰具体做了什么，从那以后班上真没人再叫我"老鼠妹"，就连吕澄也像变了一个人似的，对我不再是"深仇大恨"的样子。我感觉班上的每个人对我的态度都变得友善了，再也没有人会来捉弄我。

蓝冰一如既往地像从前一样，下课时都会主动找我说话。有同学邀他出去玩时，他也会叫上我。我不再拒绝，就像蓝冰对我说的，为什么要拒绝，关闭起自己的心扉而让自己难受呢？

蓝冰还告诉我，要尊重自己内心的真实感受，不过分忍让，也不要针锋相对，用最真实的方式去与人相处，沉默并不能解决问题。

人总是要长大的，学会如何与人相处是一生的功课，我们都要认真学习。但我希望自己能够像蓝冰一样，做个热情友善，受人欢迎的人，这样的人生一定很有意义。至少现在，我过得很开心，因为我再也不会像过去一样孤单了。

（原载《青春期》（健康）2013年第9期）

每一次封闭自己，都是在拒绝成长的机会，从而错失那么多生活里的交集和相遇。打开心扉勇敢去展现你自己吧，每朵木棉花都有自己的春天。

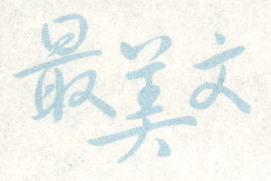

最大的敌人，最好的朋友

文/〔英〕安娜·金斯柏里 庞启帆编译

老朋友是最好的镜子。

——赫伯特

我又一次转到了一所新学校，班里有个叫帕丽斯的女孩也是转学来的，这是我们俩仅有的相似之处。

我个子高挑，帕丽斯则身材娇小；我一头浓浓的黑发最近刚被剪短成一种蓬松的发型，而帕丽斯那一头天生的金发却长及腰际，甩动起来时好看得要命；我15岁，是班里年龄最大的学生，而帕丽斯还不满13岁，是班里年龄最小的学生；我笨拙而天生害羞，帕丽斯却不这样；我经常穿着宽松的工装裤，运动衫，脚上是一双灰绿色的远足靴。帕丽斯则脚登镶着人造钻石的松糕鞋，身穿价格不菲由设计师设计的牛仔裤……

我无法容忍帕丽斯，我把她看作是我的敌人；帕丽斯却喜欢我，想和我交朋友。

一天，帕丽斯邀请我去她家玩。我答应了——我太过惊讶，所以都不知道该说别的什么了。我从来没向她示过好，她竟邀请我去她家作客，这是我想不到的。我的家在6年之内搬迁了6次，所以我从来都没有跟同学建立起太多的友谊，也从来没有同学邀请我去他们家里玩过。但是，这个衣着时髦的女孩却希望我放学后去她家玩。

帕丽斯的家处在这个城市里一个热闹而有趣的街区，那里有两家比萨店、一家通宵书店、一个电影院和一个公园。

当我跟着帕丽斯从校车站穿过附近的街区向她的家走去的时候，我试图想猜出哪幢房子会是她的家。是那幢有一片漂亮草坪的白房子？还是那幢前廊上蹲着一只皮毛光滑的金毛猎犬的三层小楼？

当帕丽斯把我带进了一幢充斥着油煎食品、化学清洁剂和熏香味道的公寓楼时，我不禁大吃一惊。帕丽斯和母亲、继父、两个弟弟以及一个妹妹一起住在四楼的一个两居室中。

进入她和妹妹的那个房间后，帕丽斯拿出了一个装着许多芭比娃娃的大盒子——这是第二件令我吃惊的事。我本来以为她已经长大了，到了不会再玩芭比娃娃的年龄，我就从来不玩这些东西。

但是，我们一起坐在一个大壁橱旁的地板上，给这些娃娃们编起了一个个古怪的故事，不时乐得哈哈大笑。也就是在那个时候，我们发现：我们长大后都想当作家，都有着超凡的想象力。

那天下午，我们过得非常开心。因为笑得太多，我们的下巴都酸了。帕丽斯向我展示她的衣柜，那里面的衣服大都来自下街区那家时装设计店。时装店的女老板在报纸上登广告，有时会请帕丽斯来当模特，报酬就是衣服。

整个街坊都喜欢帕丽斯，书店老板借给她时尚杂志，电影院免费送她电影票，比萨饼店让她免费品尝比萨饼。

不久之后，我也被带入了她的奇妙世界。我们到彼此的家里去过夜，一起度过每一个空闲的时刻。在那些开心的日子里，我的黑头发长长了，我学会了欣赏自己的高个子。

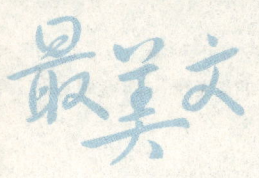

　　帕丽斯，我儿时第一个真正的朋友，给我的青涩岁月增添了许多亮丽的色彩，并且在交友这件事上，教我懂得了一件奇妙而令人惊异的道理：那个你认为是你最大的敌人有可能就会变成你最好的朋友。

（原载《少年文摘》2009年第9期）

　　没有永远的敌人。那些你一直以为阻碍你的人，其实是一直帮助你成长的人。感谢那个朋友吧，没有她，你不会变得那么强大。

演好自己的角色

文/〔美〕克里斯坦·蒂比茨　庞启帆编译

有勇气做真正的自己,单独屹立,不要想做别人。

——林语堂

我正在更衣室穿舞鞋时,我最好的朋友郝莉跑了进来。

"试演就要开始了,可我连舞鞋都还没穿好呢!也许我不应该参加这个演出,杰西卡。"郝莉哭丧着脸说道。

"郝莉。"我说道,"你是一个优秀的舞蹈演员,你必须去试一试!"

我和郝莉学习芭蕾舞已经好几年了,我们都梦想着有朝一日能扮演芭蕾舞剧《胡桃夹子》里的女主角克莱拉。现在,这个机会就摆在了我们的面前:《胡桃夹子》将作为我们学校参加新一届丹佛市青少年艺术节的演出节目,老师将在今天确定每个人在剧中的角色。

郝莉深吸了一口气,"好的。"

当我匆匆走进芭蕾舞练功室时,一个念头突然在我的脑中闪过。"如果郝莉不试演,那我不就有更大的机会了吗?"但我马上骂自己:"杰西卡,你怎么能这么自私?"这个时候,郝莉走了进来,我对她笑了笑。

选角开始了,我们的芭蕾舞老师凯特琳小姐先跳了几个动作,然后她就叫各组同学重复她刚才的动作。随后,凯特琳小姐又演示了其他一连串的动作,这一次,她叫我、郝莉和其他两个同学重复这些动作。

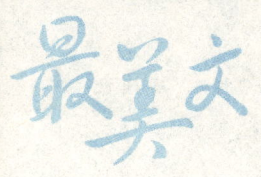

最后,她解散了所有的同学,角色名单将在下周一公布。

据我所知,学校芭蕾舞班的所有同学都能参加《胡桃夹子》的演出,但是,只有一个人能饰演克莱拉。

好不容易到了星期一,到学校后,我就冲进芭蕾舞练功室,同学们都聚集在贴着名单的墙壁前。

"郝莉,你是克莱拉!"有人喊道。

"我?"郝莉不敢相信。

我强迫自己挤出一点笑容,然后转身对郝莉说:"祝贺你!"

"谢谢。"郝莉说道,"你演什么角色?"

我看着名单。"我在《花之圆舞曲》这一段中演一只蝴蝶。"

"太棒了!"郝莉说道。

我的泪水差点就流下来了,但我还是强笑道:"还不错,是一段独舞。"

接着,凯特琳小姐马上对我们进行训练,严格的训练不容我有丝毫的分心。但回到家后,我让自己放声哭了起来,我对每一个动作都掌握得比郝莉快,我想,我应该是克莱拉。

次日的芭蕾舞课上,我没有像以往一样站在郝莉身边。

"杰西卡,怎么啦?"下课后,郝莉在更衣室问我。

"没事,你做好你自己的事就行。"我面无表情地说道。

"我想我们是朋友。"

我耸了耸肩。

郝莉转身跑出了更衣室,之后,我们都避着对方。

又一个星期六,排练结束后,凯特琳小姐对我说:"杰西卡,你已经掌握了全部的动作,但是没有进入状态。跳舞的时候,必须人神合一。"

凯特琳小姐是丹佛市职业芭蕾舞团的一名主要演员,我曾看过她的演出。我没有接她的话,而是问她:"您在《胡桃夹子》里面饰演过克莱拉吗?"

"没有。"她答道,"我演过很多角色,但从来没演过克莱拉。"

我不相信地看着她。

"很多次我都没有得到自己喜欢的角色,但每一次我都尽最大努力去演好这些角色。杰西卡,你也应该这样。"她说道。

我点点头,"我会努力的。"

但感觉像蝴蝶一样轻盈真的很难,我伤害了我最好的朋友。我想,我必须做点什么。

这天放学后,我早早就来到剧院彩排,我看见郝莉正在更衣室扎头发。

我的话脱口而出:"郝莉,我为自己那些愚蠢的行为和思想向你道歉。对不起!"

郝莉叹了口气,"没事,"她说道,"我知道你非常想演克莱拉。"顿了顿,她又说道:"你是一只令人敬畏的蝴蝶,杰西卡,我一直都在注意你。"

"谢谢。"我说道,"你是一个出色的克莱拉。"我从背后拿出一束花递给她,说:"加油哦,郝莉!"

郝莉哈哈笑了起来,也从桌子上拿起一束花递给我,说:"杰西卡,你也一样!"

两天后,正式演出开始了。在绚烂的舞台上,我绕着花丛翩翩起舞,我感觉自己就像蝴蝶一样的轻盈。

(原载《少年文摘》2012年第5期)

你想成为什么样的人,那你就得承受相同级别的考验。在皇冠加冕之前,你只需要做好自己,要知道机会从来都是留给有准备的人的。

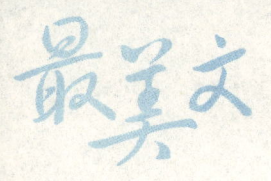

默默的友谊

文 / 清翔

人生贵相知，何必金与钱。

——李白

伟大的友谊是心与心的默契，是默默的，没有半点喧哗。

1990年，高仓健为出席中日电影节访问中国内蒙古自治区，回程经过北京，便和张艺谋有了第一次晤面。在宴会上，有人大声说，"张导演和阿健什么时候一起拍电影？"当时，张艺谋很想有这么一次合作。然而，真正实现这一愿望是在14年之后。

蜡烛的光焰是默默的，有人发现毗邻的两支蜡烛，其光焰是相互吸引的，而默默的友谊就是两支蜡烛光焰的相互吸引和聚拢。

2004年，张艺谋为高仓健量身打造了《千里走单骑》，他说，拍摄这部电影是他欠高仓健先生的一个情谊，因为在第一次见面时他曾答应过要为他拍一部电影。其实，在高仓健心中，是他欠了张艺谋的情。与江利智惠美离婚之后，因心中的痛，高仓健退出了影视圈，决定不再拍摄影视剧。其间张艺谋曾有过两次邀请，都被他婉言谢绝了。这次邀请时，高仓健觉得这个情一定要还，也就破例地答应了，这让张艺谋默默感动。

汇聚起的光焰与光焰，在情感浩渺的深处闪闪发光。按照张艺谋的惯常做法，一个演员当天计划的镜头拍摄完，这名演员便可回酒店休息了。在云南拍摄《千里走单骑》时，第一天下午6点，张艺谋对高仓健说："老爷子，您先回宾馆去。"高仓健却在山地拐角下一直站着。副导演一见，赶紧去劝，高仓健说："导演和全体人员都在这儿工作，我怎么能走？"

副导演见劝不动，又说，"那您就去拍摄的地方休息，那儿有饮水，有椅子。"高仓健说，"那样不好，会打扰你们工作的。"就那样，他在山地拐角站了3个小时，一直到9点钟，全队工作人员上了汽车，高仓健这才远远地给大家鞠一个躬，然后徒步走回旅店。

让高仓健先拍摄完，当然是出于张艺谋对高仓健的一份尊重，也是因为一份情谊。但高仓健非常珍惜这份情谊，每天总默默地站上3个小时。要知道，高仓健此时已73岁，且已工作了一天。

是什么让一颗星辰硬要背起一个个黄昏？是因为他将友谊看得比泰山还重。高仓健对情谊的看重让张艺谋越发不敢有丝毫疏忽。

一天，太阳很大，云贵高原紫外线特别强。张艺谋派了民工小徐给高仓健打伞，可高仓健说什么也不要。张艺谋说："老爷子，这不是照顾您，我是怕你的脸被紫外线晒了，跟前面已拍好的镜头接不上。"高仓健这才同意。可是，小徐给他打了3天伞，高仓健硬是将手上戴的一块手表摘下来送给了他。那可是价值好几万块钱的表，这自然是为了感谢小徐，但也是在向张艺谋表明：两人间的友谊是无价的。

尽管高仓健在拍摄《千里走单骑》吃了不少苦，可他说："我在拍摄这部电影时是感到非常快乐和幸福的。"他对这样的快乐幸福时刻也不忘，总想回报。

在北京奥运会开幕前，高仓健终于找到回报的机会了：他专门给张艺谋打了一把刀。"红粉送佳人，宝刀赠英雄"，在高仓健心中，张艺谋不仅是他最好的朋友，也是中国影视界的一位大英雄。为了体现他们的友谊是极为珍贵的，这把刀的锻造和制作全都是日本国宝级的工匠，足足用了一年的时间才打造完成。然后他悄悄买了机票，给张艺谋专程送到北京奥运开幕式的工作中心。

这还不够，为了祝愿开幕式成功，回到日本后，高仓健便去一个寺庙为张艺谋祈愿，为中华祈愿。当时东京正下着大雪，高仓健以近80岁

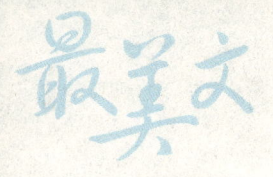

的高龄，凌寒驱车几个小时到郊外。到了寺庙，高仓健特意让住持清场，老和尚带着一群僧人，高仓健一个人站在寺庙中，直到一个半小时的祈愿做完，他又开了三四个小时的车回到家。所有这些，他都是在日本默默做的，后来有人把这一祈愿的事告诉张艺谋，他被感动得默默直流泪。

太多的感动会让为之感动的人和事耸立成精神的碑石，由于高仓健对友谊的珍惜和尊重，对人非常真诚，以及他在演艺事业上的建树，高仓健也受到日本国内广泛的敬重。

一次，高仓健和张艺谋坐在一个大堂酒吧，酒店的客人认出了高仓健，他们也不打扰他，只是在出门离去时，在离他50米的大堂门口给他默默鞠躬。不过一会儿，给高仓健鞠躬的就有四五十人。

还有一次，有一个日本导演给高仓健拍摄纪录片，这位导演礼拜天在家带孩子，突然电话铃声响起。一接听是高仓健，这位导演受宠若惊，放下电话眼泪哗哗直流。

一般日本人都把高仓健看作是一个神，是日本国宝级的人物，是日本民族精神的代表。可为了情谊，高仓健就把自己当作普通人，连拍摄完自己的镜头提前回到旅馆休息，也认为是不该有的特殊。

默默的友谊宁静而深邃，有一次，高仓健被问及什么是人生的幸福时，他回答说："当触摸人的善意和温情的时候。"友谊是默默的，对他人默默付出自己的真诚，且时刻在触摸别人的善意和温情。默默中，也就让自己的人格德操成为一种旷世绝唱。

（原载《课堂内外》（创新作文高中版）2015年第4期）

人生离不开友谊，但要得到真正的友谊才是不容易；友谊需要用忠诚去播种，用热情去灌溉，用原则去培养，用谅解去呵护。

让相关者有归属感

文 / 大可

> 对人来说，最大的欢乐，最大的幸福是把自己的精神力量奉献给他人。
>
> ——苏霍姆林斯基

前几年，他的企业开发出了一种叫作"寒天"的食品，那是由深海红藻萃取而成。因为具有低热量的特点，对于有着时尚饮食消费观念的人们来说，这样的食品无疑会是首选。果然，在其国内很快就掀起一股"寒天食品热潮"。

有人说，这一下他要抓住机会，快速扩大规模增加产量了。可是他不，面对雪片般飞来的订单，他却选择了婉拒。或许有人认为他这样做是由于缺少资金，其实并非这样，因为他的企业是连续48年保持增收增效的优良企业。对于他的不扩产，当有人追根溯源时，他向人讲起了这样一个故事。

有这样一家饮品企业，一段时间，前来购买产品的人在销售部的门前排起了好长的队。企业首先是提高销价，可人们就像着了魔一样，前来购买的人不减反增。于是这家企业的老板立即投入资金开始扩产，而且一扩就是好几年。后来不知怎么就转了风向，企业销量锐减，产品严重积压，

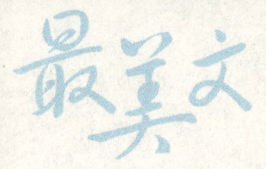

老板只好大量减员。糟糕的是恰在那时开始了世界性的金融危机，那些被解雇的人员生活顿时陷入困境，有人流落街头，有的人甚至冻馁而死。

人们这才明白，他的不扩产是为了企业员工着想。

其实，在他的经营理念中不仅仅只为自己的员工着想，而且凡是与他有交往的人，他都要考虑他们的利益。他说，人具有社会属性，一个人免不了要和许多人都是相关者，而你得让这些相关者有归属感。

在相关者中，关系最为密切的除了企业的员工外，再就是公司的下游厂商。一般来说，那些承包大公司的委外加工业务等配套厂商，他们对发包商及母公司大多是有意见的。因为他们之间除了合作外，更多的是利益冲突，发包商或母公司往往会高高在上，盛气凌人：对于外包及合作厂商，他们或是要求对方无条件地完成任务，或是强制性地要求其降低成本。

但他的公司从来不这样，他就曾多次主动对下游厂商说："这个单价太不合理了吧！"下游厂商乍一听，会不相信自己的耳朵，"哪有胳膊肘儿朝外拐的？"这时，他会接着说，"我已仔细调查过了，知道你们公司已经很努力了，却没有什么利润。"于是他就立即给他们的产品提价，如此一来，下游厂商会由衷地感叹说："他们公司是真的好，我们愿意为他们更加努力！"

不说这些自己企业的员工及联系比较多的人，即便那些只短时间跟他的公司发展有业务关系的商家，他也要让他们有归属感。就有这样一个事例：

正在前些日子"寒天"销售最火爆时，有家大型超市向他伸出橄榄枝，要求销售"寒天"食品，他却不同意。有下属说，这可是一年几亿甚或几十亿的利润啊，要是搁在其他企业身上，人家一定会求之不得，老板您拒绝了多可惜！

他的观点是，作为一家超市并不只是单纯销售产品，而与其企业文化、整个制程、软件价值都会有着关联。他说，销售我们的产品，这家超市在这些方面显然有差距。我要是答应了他们，会给他们造成很大的损失——原来在作决定前他对这家超市已作过详细考察。

不仅仅如此，对于更多的人，他说，尽管不可能与他们为友，但至少不与之为敌。不与他们为敌就是尽可能不和他们发生利益冲突，为做到这一点，最根本的就是开发世界上唯一的产品，即致力于开发国际国内不曾有过，或是其他公司做不出的产品。

说起开发，不说是开发世界独一无二的产品，即便一般产品，也不是一件容易的事。多少年来，企业家们就有着这样的经验总结，即"千分之三"。人们将产品开发比作种植，也就是说播下1000颗种子，如果能长出3颗新芽来，那就非常非常不错了，那就该谢天谢地了。可他不仅每年都要拼命地播种，而且还要精心地灌溉施肥。

他的公司屡屡就有了他人不能做的产品，这样既顺应、满足了顾客的需求，同时也避免了诸如仿冒、价格战、品质战这类会树敌的情况发生。他这样做，最主要的是让企业能永续发展，员工不会因公司倒闭而流离失所。

他就是日本伊能食品工业公司的创办人冢越宽。

这种让相关者有归属感，就是他的企业让人有一种家的感觉，那是一种幸福的感觉。冢越说：有归属感，就能将企业做成一个"百年老店"，我的经营决策都是以100年后这家公司还能够具有存在价值作为考量的。我也希望员工们都知道这一点，坚强、勇敢地做下去。因为我做成一百年老店的理由是，要使员工和员工家属幸福，要使外包及合作厂商幸福，要使股东幸福，要使当地社区幸福。总之，能使与伊那相关联的所有人都幸福，以及更多更多的人幸福。

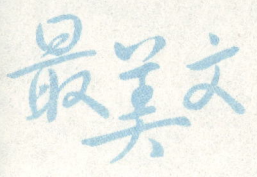

在日本，有人最近作了一项调查：日本哪一家企业最了不起？答案是：不是丰田，不是索尼，不是东芝，就是像伊能食品工业这样捍卫"幸福感"的企业。

有了归属感就有了幸福感，只有捍卫归属感的企业才最具有凝聚力，也就是最具有发展潜力。

（原载《意林》（原创版）2011 年第 6 期）

马云说：员工的离职原因林林总总，只有两点最真实：1、钱，没给到位；2、心，委屈了。这些归根到底就一条：干得不爽。员工临走还费尽心思找靠谱的理由，就是为给你留面子，不想说穿你的管理有多烂、他对你已失望透顶。所以，企业发展的最好方式就是，让每个人找到归属感。

第五辑

坐在最后一排的日子

　　正因为像我这样的大人越来越多,生活的世界才如此冷漠,而如果像女儿这样的人越来越多,这个世界肯定会繁花盛开。我忽然觉得,那些固定的思维很可怕。那一刻,我看着熙熙攘攘的人群,心里被柔情填满。他们,不是毫不相干的路人,而是一群陌生的朋友。

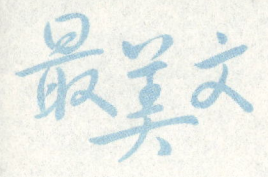

推己及人就是天使

文 / 张艳君

己所不欲,勿施于人。

——《论语》

一天早晨,当她端着一大碗滚热的小米粥要喂他时,没想到,他扬起一只手,劈头就朝她打来。没提防的她躲闪不及,那满满的一碗粥不偏不倚全扣在了她的脸上。她赶紧到洗手间用清水冲了,然而,那被烫伤了的脸却瞬即红肿起来。

他是谁?为何这般与她"过不去"?他是她护理的对象,这是她开办老年护理院后护理的第一位老人。

老人姓韩,患了脑溢血,丧失了语言功能。他受不了这病痛的折磨,只想一死了之。动不动就发脾气,并且已一连几天拒绝进食了,连他的女儿都一点办法也没有。她凭着自己的一腔热情与爱心,将老人留了下来。老人居然一开始就给了她一个"下马威",她受尽了委屈。他口不能说,手却尚能写,她拿起笔来与老人"讲理",最后这事有了一个还不错的结果。

这件事当时给她的思想触动很大,让她认识到,光有热情是办不好事的。护理本身就是一门学问高深的专业,何况自己要面对的多是一些疾病缠身、身心都受到折磨的老人!

于是,她开始从书本中学习相关知识,在实践中揣摩钻研老人护理的特殊性。慢慢的,她也就悟出了老人护理的一些特点。尤其要在三个方面下功夫:首先是最基本的生活护理,包括饮食调理;其次是医疗护理,也就是救死扶伤;最后是心理护理,这也是要求最高的,难度最大的。

为了尽快系统掌握相关知识,她报考了长春中医学院中西医结合专业。被录取后,白天是没有时间学习的,她只能在晚上将老人们安顿好后,才拿起课本钻研。在三年多的时间里,她每天都要学习到深夜。她更是在老人护理心理学方面下了足够的功夫,全面的护理知识,为她规范护理、科学护理插上了翅膀。

那是一位患了脑血栓的姓聂的老人,他曾先后在两家企业担任过总经理。他的脾气本来就有些古怪,多年的企业领导工作又使得他养成了比较专横的性格。特别是得了病后,更是变得孤僻、暴躁。儿女们一连给他换了好多保姆,都让他气走了。儿女们自己侍候,丝毫也不能中老人的意。无可奈何的儿女们与她商量,将老人送到了护理院。

那是在老人入院的第一天,她正低着头在给老人整理床铺。老人冷不防在她头上来了一拐杖,但她只是和善地看了老人一眼,抚了抚额头,继续整理着床铺,直至将床铺整理得熨熨贴贴。后来,老人似乎蓦然觉得自己错了,有些孩子气也有些自我解嘲地说:"你怎么就伤着脑袋了呢?"她冲着老人笑笑。

之后,她尽量抽时间与老人聊天,因为她已经用心观察过老人了,老人就是要别人听他的,聊天时她也就顺着他。她说,这就是"老总情结"在他心里的顽强反应吧。明白了老人的心理诉求后,一切问题也就迎刃而解了。

后来,老人变得非常听她的话,并执意要认她为干女儿。几年之后,老人在临终前,只让她照料自己。并说,有你这样的女儿,我真不想死呵!老人的6个儿女对她更是感激不尽,把她视作亲姐妹。

由此,更是让她深刻体会到,在为老人服务时,只有懂得他们的心理,知道他们最需要什么,才能收到预想的效果。她还说,老人属于弱者,尤其是这些生了病的老人。而于这样一些人,人们往往爱报以怜悯之

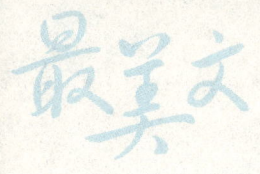

心。其实，他们并不需要怜悯而是希望平等。

有了这样一种认识，她也就努力争取让老人们享有应有的一份平等，获得本该有的权利。

一天，她接到一个电话：说有一位77岁的老人，老伴刚去世，情况十分特殊，希望她能将老人接受下来。这个电话是市老龄委打来的，在弄清事情的原委后，她二话没说，就把老人接到了院中。

原来老人姓李，他有6个子女。老伴一去世，他的子女们就将他的房屋财产分割了，又把老人的户口簿、身份证也不知弄到哪儿去了。她见到老人常常独自垂泪："我这一辈子辛辛苦苦将6个儿女拉扯大，如今却无立锥之地了啊！"

她不能让老人在这伤心欲绝的泥淖中挣扎，她要为老人讨回公道，让他享有一份应有的人格尊严与平等。思来想去，她决定诉诸法律，帮助老人打赢这场官司。在她不辞劳苦的忙碌之下，终于为老人争回了房屋产权、财产权以及应得的赡养费。后来，老人的三女儿愿意照料老人，她让她把老人接了回去。可老人还常常回到她的护理院小住，原来老人已经把她当作了最贴心贴肺的女儿。

她，就是在长春市绿园区创办了至爱老年护理院的台丽伟。说来更是让人钦佩，她当初举办护理院只是缘于她的一颗"推己及人"的心。

她本来是一家国营企业的职工，她上进好学。1995年初，只因企业有人说她没能处理好学习与工作的关系，就在优化组合时没被"优化"上。在一段时间的痛苦彷徨之后，她终于振作了起来。于是，她做幼儿园老师，推销员，后来将自己的职业定格在了记者上。

正当她记者工作做得顺风顺水时，她的公爹却突然患了脑溢血。丈夫得常常出差，工作正忙，照料公爹的任务就全落在了她的身上。公爹后遗症严重，不能说话，不能行走，心中焦躁，常常对她发脾气。她只是耐心伺候，并不与老人计较，直到几个月后公爹去世。

她想，因有她细心的照料，公爹最后一段时光算是幸福的。可她又突然想到，又有多少生病的老人需要人照顾啊！我难道不能做一件为天下的儿女尽孝，为千家万户分忧的事吗？这个想法强烈地叩击着她的心扉。

她终于下定决心做这样一件事，于是，通过一段时日的紧张准备，1996年6月，她的护理院的牌子正式挂出来了。在挂牌后的第一天，听说那位姓韩的老人患的也是脑溢血，并留有严重后遗症时，她觉得与公爹的情况是多么相似，所以她毫不犹豫地就将老人接收下来了。

如今，台丽伟的护理院由最初的4间小房、12张床，发展到现如今拥有用地5万平方米，建有6000平方米老年公寓，以及具有电视、网吧、图书馆、钓鱼场、门球场、篮球场等的集医疗、护理、康复、养老、学习、休闲娱乐为一体的大型老年护理中心。这些年来，她为一些贫困老人减免护理费医疗费50余万元，先后安排300多名下岗女工再就业。她本人也获得过"全国敬老孝亲模范""十大创业先锋""长春市道德模范"等荣誉称号。

台丽伟的事迹，不禁让我想起了一句话："养吾老以及人之老"。这可是一句闪烁着中国古老传统美德光芒的话！一个能推己及人的人，其本身就具有一种博大的胸怀。那人格的光辉和璀璨的事业一定会相互辉映，那人生的瑰丽也会永远留驻在人们心间。

（原载《晚报文萃》2014年第1期）

有人信奉"百善孝为先"；有人恪守"一闯孝义生死关"，有人选择善待老人；有人选择拒绝赡老。美与丑，善与恶，全在一念之间。遗臭万年还是流芳百世，系于一瞬。

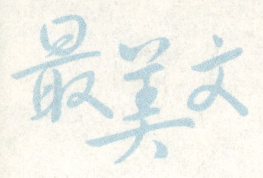

感恩的"黄扶"

文/唐月姣

上天赋予的生命,就是要为人类的繁荣和平和幸福而奉献。

——松下幸之助

"黄扶"是一个笔名,这与两个黄姓人有关。

人都会遇到"窄门槛",无论你将来成为平凡人还是伟人。他出身贫寒,但非常努力,1912年,十七岁的他便在宜兴老家的女子初级师范学校任图画教员。此时,他并没忘记做一名画家的理想,教课之余,刻苦作画,以不断提高画技。

然而,厄运却死死纠缠着他,1915年,结发的乡村妻子病故,儿子劫生也终未逃过一劫,不幸患天花病夭折。一年之间,他还失去从小就开始教他诗文、书画,最为亲近的父亲。一个接着一个的打击让他痛不欲生,他就像一只无枝可栖的孤独的鸿,于悲痛中他改了名字。

为了远离让他悲痛的环境,这一年,他来到上海。欲找到一份工作赖以度日,也好实现自己的梦,可他依然四处碰壁。正在他每天饥肠辘辘四处奔波时,幸运地遇到了商务印刷馆发行所的黄警顽。

在和他一番交谈后,黄警顽认为这个小伙子挺不错。当听他说经熟人介绍,要到商务印刷馆找《小说月报》的主编恽铁樵时,黄警顽连忙给他打电话。在和恽铁樵见过面后，他再次来到黄警顽面前，面露喜色，说："感谢你的帮忙！恽先生说，我的人物画得比别人好，让我为教科书画插图，我看这事十之七八能成。"

可是，过了几天，他又一次来到黄警顽发行所的店堂，如同被霜打了的白菜一样，满脸的沮丧与憔悴，他非常难受地对黄警顽说："情况有变，做插画的另有人选，我无颜见江东父老！在上海，我举目无亲，只有你这个朋友，永别了！"说完，他转过身，脚步沉重，踉踉跄跄地离去。

黄警顽最初对他的话并没介意，后来仔细一想："糟了！他不会去自杀吧？一定要阻止他做糊涂事！"黄警顽估计他去了外滩，救人要紧，连假也没来得及请，匆忙追了出去。在外滩上，黄警顽焦急地找了一会儿，才在新关码头附近找到了他。只见他两眼空洞，正在码头上不安地来回走着，连黄警顽走到他的身边，也没能察觉。

这时，黄警顽一把拉住他的手腕说："你想干什么？书呆子！"他定了定神，见到是朋友黄警顽，失声号啕大哭起来。黄警顽也感到伤心，抱着他的头一同痛哭起来，招致许多人过来围观。

黄警顽好一阵劝慰，他的头脑总算清醒过来，听了黄警顽的话，两人一起到发行所。在路上，他告诉黄警顽，因欠下旅馆四天的房钱，已经没地方容身了。黄警顽说，只要有我睡的地方，就不会让你睡在露天里。

由于黄警顽是一个热心肠的人，在单位人缘也不错，经与同住一个房间的同事以及和门房商量后，黄警顽与他一同挤在一张单人床上，盖一条薄被子。至于吃饭问题，黄警顽每天给他一角钱，黄警顽还对他说："每天你就到店堂看书，工作上的事我再来给你想办法。"他也就到店堂看美术书籍，也翻阅翻译小说。没错，他就是由徐寿康改名的徐悲鸿。

几天后，黄警顽为徐悲鸿打听到一位宜兴同乡，这位同乡让他画一幅画送过去，说也许对他找工作有帮助。他的画刚好被一位叫黄震之的书画收藏家看见，黄震之十分欣赏他的才华，见他正遇到难处，便把一间棋牌

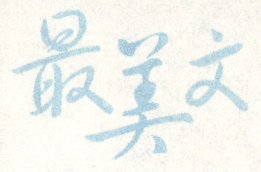

室借给他作画,这无异于雪中送炭,从此,徐悲鸿在上海站稳脚跟。次年入上海复旦大学法文系半工半读,并自学素描,后又赴法国巴黎留学,回国后任北京大学艺术学院院长等职。

他始终牢记着这两位恩人,黄震之后来做生意破产,徐悲鸿常常予以接济,后来并资助其东山再起。徐悲鸿还在黄震之六十岁时,为之画了一幅祝寿图,画面是一位身着长衫的老先生,落款是"震之黄先生六十岁影",这幅祝寿图可以在已出版的徐悲鸿画册中见到。

上世纪四十年代,在黄警顽生活遇到困难时,担任国立北平艺专校长的徐悲鸿请黄警顽到学校主管总务,后来又和他一同转入到中央美院。晚年的黄警顽孑身一人,徐悲鸿除了平时常常去探望外,逢年过节还会让人开了汽车请他到家中吃饭。

徐悲鸿还曾以"黄扶"做自己的笔名,以不忘这两位黄姓恩人在自己最为困难的时候对他伸出的援助扶持之手。

人是要相互扶持的,正因为有那么多人无私地伸出扶助之手,才让世界少了一些悲剧的发生,多了一道道如画的风景;也正因为人们不忘感恩,才平添了一段段感人至深的人间佳话。

(原载《晚报文萃》2014年第2期)

人其实应该要像蜡烛一样,燃烧自己也照亮他人。愿爱常驻心间。

坐在最后一排的日子

文/冠豸

　　友谊不但能使人生走出暴风骤雨的感情而走向阳光明媚的晴空，更能使人摆脱黑暗混乱的胡思乱想而走入光明与理性的思考。

——培根

一

　　我们班的座位考一次调整一次，按成绩高低，从前往后依次类推。大家抗议过，但抗议无效，老班说："机会均等，公平竞争，成绩好的当然得放在前面重点保护。"

　　我是从来都不用为这种鸡毛蒜皮的小事担心的，无论怎么调整，成绩好的我总是占据最前排的位置。我从来都没有想过，一个教室里，这一前一后的位置居然宛若两个不同的世界。班上的同学也自然而然地分成了几个不同的团体，泾渭分明，大家似乎都很明确自己的位置。

　　我从来没觉得这有什么不妥，直到后来有一次，我因为和父母产生矛盾，赌气下我故意考了很差的分数气气父母。分数确实很低，全班倒数第二。

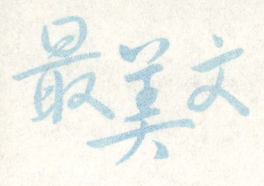

二

调整位置那天,老班苦口婆心地教诲了我一大堆话。我微笑着看他,面无愧色,不就是坐最后一排吗,有什么呢?我对父母的气还没消。

班上的同学有的面露不屑,有的沾沾自喜。倒是最后一排的几个同学,他们乐呵呵地欢迎我,我冲他们笑,没吭声。

我的新同桌是一个叫马丽的沉默女生,以前我没和她说过话。我们的位置相隔遥遥,根本不用打交道。我把东西搬过去时,我向她打了声招呼,她没理我。

"终于来到最后一排了。"我伸了伸懒腰,一脸得意自在。

"你是不是脑子有病?坐到最后一排了还这样高兴。"她不屑地嘀咕。

我愣住了,看着出言不逊的马丽,不明白她为什么这样说。"有什么呀?你不就一直坐在最后一排吗。"说完这句话,我马上后悔了,因为我看见马丽的眼圈瞬间红了,她低低地说:"我知道你们都嘲笑我。"我这才想起,她每次考试都倒数第一,一直坐在最后一排。

才过了几天,我就明白了坐前排和后排的区别。坐在后排的都是些不爱读书的学生,他们玩的花样却数不胜数。他们爱起哄,有时还故意捣乱,偶尔也会趁老师不注意时溜出教室玩。但马丽和他们不一样,她上课很认真,可坐在后排,各种影响很大,无法让人专心。

"那个弱智,你看她整天抱本书,装成一个好学生的样子,却次次考倒数第一,比我还差,真不知那是什么脑袋?"隔壁桌的男生,在课间马丽出去时对我说,一脸戏谑的表情。

我确实感觉到后排的同学都不喜欢马丽,他们成绩差,那是因为他们贪玩,但马丽的情形完全不一样,成绩却比他们还差。连他们都瞧不起她,除了"笨"再无其他解释。

不是说认真学习就会取得好成绩吗？为什么马丽不行呢？莫非她真是"笨"到家了？

那男生离开时，潇洒地打了一个响指，嘴里哼唱起："无所谓，谁会'碍'着谁……"

看着他离开的背影，我有片刻的失神，或许他也不想一直坐在这最后一排的位置吧。还有马丽，同桌的几天时间里，我就已经明白她的心思，她是那么急迫地想离开这个代表着屈辱的位置，调到前排去。她个不高，还近视，可是坐到哪里这并不是由她说得算的。

三

一天放学后，我留在班里出黑板报。等我走出教室时，校园里已经空荡荡了，只有聒噪的蝉鸣此起彼伏。

跑下楼，穿过绿树成荫的甬道，我抄近路往校门走。路过操场西边的小树林时，我看见了一个熟悉的身影——马丽。她正站在一棵树旁边，脸上淌着泪，我悄悄走近想瞧个究竟。

晌午的阳光下，马丽抽噎着，一只手用力地拍打着树干，边哭边哽咽："他很快又要调回前排去了，我为什么就不行？我一直在努力，可我所有的努力都只是在做无用功。我是笨猪吗？为什么次次考试都是最后一名……"

马丽乌黑的马尾辫一直在我眼前晃荡，双肩起伏抖动。她看起来很冷的样子，抖得厉害。她的手一直拍打着眼前的树，仿佛那树是她的脑袋，拍打过后就能开窍。我突然觉得马丽很可怜，一个15岁的女中学生，要悄悄躲在放学后校园里无人的小树林里对着一棵亘古沉默的树发泄内心的愤懑和伤心。她无人可以倾诉，她内心的悲痛只能说给一棵树听。

"马丽！"我轻轻唤了一声，极尽温柔，怕吓到了正沉溺于痛苦中不能自拔的她。她这时可能有些累了，倚靠在树干上，双手抱着头，仰望着高

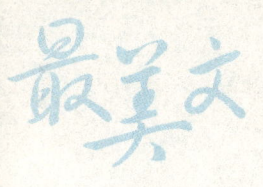

远的天空。

听到叫声,马丽显然吓了一跳。待看清是我时,她脸上即刻呈现出一种戒备的神情,忿忿地说:"你来干什么?看我笑话吗?""你知道我没那意思。"我友善地说。"那你什么意思?在跟踪我吗?"她紧接着追问。"我刚好路过。"我说。

马丽幽幽地叹了口气,可是才一会,她眼中的泪又不设防地汹涌而出。她抹着泪说:"我讨厌坐在最后一排,讨厌那让人屈辱的位置。可我努力了,还是最后一名。"

我掏出纸巾,递给她,让她尽情地哭,能哭出来总比压抑在心里好。

好一阵后,我轻声问:"好一些了吗?"她没吭声,但脸上的表情渐渐平静下来了。

"需要我帮助吗?"我问她,之前她总像只刺猬,让人难以接近。

我知道,马丽其实不是这样的女生,她渴望友谊,却因为成绩差而一直受到伤害,在班上,她没有朋友。

"你为什么想帮我?不嫌弃我笨吗?"她自嘲地说,对我的话充满了疑惑。

"你不是想离开最后一排,离开那个让你厌恶的位置吗,我有能力帮你,接受吗?"我问。

她犹豫片刻后,说:"我很愿意,但你怎么帮我呢?每次一到考试,我就如临大敌。心里慌乱,头脑昏沉,仿佛做了一场噩梦,梦醒后就是悲惨的最后一名的试卷……"

马丽絮絮叨叨,说出了她心底里一直埋藏的秘密,原来她有"考试恐惧症",就像有人有"恐高症",有人会晕血一样,是一种心理疾病。我确实有点被震到了,我从来没想过,她居然会如此害怕考试,怪不得那天考试时,她给我的感觉就怪怪的,脸色白得像一张纸。

"你是不是对自己不自信?"我问她,只有找到根源才能解决问题。

"我也不大清楚，可能是吧，反正我就讨厌考试。从小父母让我学这学那，什么都要考试，考不好就要挨骂……"马丽说。她开始信任我了，一股脑儿地把过往的经历都告诉我。

我正思忖着，突然听到肚子"咕咕"叫的声音，还真有点饿了。我邀马丽边走边讲，让她把心里话都说出来，至少这样她会舒服一些。

在路口说"再见"时，我看见马丽朝我笑了，她挥着手，很开心的样子。

四

下午上课，老班第一件事就是发考卷，然后公布总成绩，准备调整位置。我注意到马丽的脸又苍白如纸，她紧张地抿着嘴，手不停地互相搓揉，眼睛紧紧闭上，身体却禁不住筛糠般抖动起来。

我在桌子底下，轻轻踢了她的脚，示意她别紧张。

第一个被叫到调整位置的是我，这次考试，我又回到了第一名。但我举手向老师说，我暂时不想调整位置，放学后我会把原因告诉他。老班一直器重我，所以我的要求被允许了。但我看见了周围同学不解的目光，他们窃窃私语，说我是不是看上马丽了。我淡淡地笑起来，不想多作解释，既然答应帮助马丽了，我应该兑现承诺。

马丽也急了，一下课，她就对我说："你应该回到前面的位置，这里不属于你。"你不想坐到前面去吗？"我反问她，她看了我一眼，低下头没再吭声。

那天放学，我找到老班，把自己的想法告诉他，并且对他说："按分数排位置，确实能鼓励一部分同学，但也会伤害一部分同学的自尊心。大家都努力才最重要，毕竟没有谁愿意考最后一名的。"我说得很诚恳，还把马丽的事告诉他。

看着老班惊讶的表情，估计他也没想到还有"考试恐惧症"的事，想

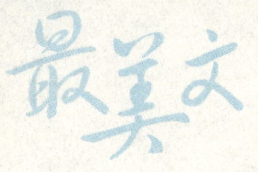

了一阵,他说:"那好吧,你先回去,我再想想有没有更好的方式。"

马丽的症状,我不知要怎么办,我建议她和父母开诚布公地谈一次,让家人带她去看心理医生。至于我,能帮她的就是鼓励,让她对自己多一些自信。我们依旧同桌,相处融洽,课后,我帮她补缺补漏,把基础打扎实。

马丽一点都不笨,很多难题,我稍微点拨一下她就能想出来,看着她欢悦的笑脸,我心里也乐滋滋的。毕竟她走出了孤单的角落,不再刺猬似的随时武装自己和戒备别人的友善。

我们班后来重新调整了位置,不按分数,按身高。那天老班说了很多抱歉的话,说得很动情,他的良苦用心,我想我们都明白。作为老师,他所做的都是为大家好,只是有时方式不对。

我不知道马丽是不是真的有去看过心理医生,还是位置的调整对她有了影响,或者是有我的一点点功劳,反正马丽后来的考试都能正常发挥了,而且愈来愈好。

我想,她应该是战胜了"考试恐惧症"吧。只是很多时候,回想起坐在教室最后一排的那段日子,我心里就会有很多感慨:人与人之间,如果没有深入了解,表面看到的往往并非真实的内里。

(原载《初中生之友》(中旬刊)2013 年第 11 期)

试着去靠近一个迷茫的人,并去鼓励处于进退两难的她,你的善举会让她重拾自信。

为蜗牛画道安全线

文 / 汤园林

　　内容充实的生命就是长久的生命,我们要以行为而不是以时间来衡量生命。

　　——小塞涅卡

　　安娜的家住在马路边,每天都有很多学生从门前路过,大家还会热情地和她打招呼,有时邀请她一起走,这让她觉得特别开心。

　　那天放学后,安娜蹲在路边,看那些花花草草,刚下了一场雨,空气里全是青草的香气,让人感觉很舒服。

　　忽然,一只蜗牛出现在安娜面前,应该说,是一只蜗牛的尸体。不知道谁的脚踏上了它的背,踩得它血肉模糊,躺在那里一动不动。

　　安娜不忍直视,别过脸,另一只蜗牛的尸体又出现在眼前,那也是一只被踩扁的蜗牛,壳早已碎了一地。

　　看着这些惨死的蜗牛,安娜心里很难过。她想,路人肯定也是无心的,这些蜗牛跟地面的颜色太接近了,人们根本注意不到它,它们被踩死踩伤就在所难免了。

　　如果让人们一眼就看出它是只蜗牛,而不是地面,不是就可以避免悲剧的发生了吗?可是,怎样才能让人注意到它呢?

安娜托着腮想了很久，忽然一个念头闪了出来，美术课上，老师让同学们在指甲上作画。如果在蜗牛壳上作画，给它涂上鲜艳的颜色，人们不是就能一眼看到它吗？

安娜激动地跑回房间，拿出美术课上用的画笔，然后，开始俯着身子在地面上寻找蜗牛。看到一只，就把它抓起来，放在掌心里，拿过画笔，在它的壳上画上漂亮的图案。

安娜忙得不亦乐乎，等天色暗下来时，她周围已经有了很多鲜艳的蜗牛。它们在马路上爬来爬去，活像一个个美丽的精灵，特别显眼。既锻炼了画技，又让蜗牛变得安全，真是一举两得。

"但是，凭借一个人的力量，能挽救多少蜗牛呢？"晚饭时，当安娜兴高采烈地跟妈妈说起自己的壮举时，妈妈提出了疑问，并建议她可以发动更多的人来做这件事情。

安娜觉得妈妈的话很有道理，第二天，她又画了几只蜗牛，然后用手机把图片拍下来，上传到网站上，并呼吁大家一起来为蜗牛做画。

在蜗牛壳上作画，这真是一件有趣的事，当网友看到那些形态各异的图画时，忍不住纷纷点赞。安娜的同学们知道这件事后，纷纷要求加入到给蜗牛绘画的行列中来。

于是，安娜不再是一个人，每天放学后她和同学们一起，拿着画笔，在马路边上寻找蜗牛的身影，给它们画上美丽的图案，然后拍下照片上传到网上。

随着照片越传越多，关注的人也越来越多，很多人都被这些图画吸引，也纷纷效仿。他们拿起画笔，也跑到路边上，捡起一只只蜗牛，在它们的壳上画自己喜欢的图案。

很快，全英国都刮起了一股蜗牛彩绘风潮，大家不但把这做为一种时尚，而且人们走路时，也会留心路边有没有蜗牛，争取让自己脚下留情。

　　自从给蜗牛绘画后，安娜就很少在马路上看到蜗牛的尸体了，这让她和同学们都觉得特别欣慰。大家约定，这件有意义的事他们要一直做下去，用自己的笔和爱心，给亲爱的蜗牛们，画一道漂亮的"安全线"。

（原载《阅读与作文》（初中版）2015年第6期）

　　每一个微小的生命都有生存和被保护的权利，这些蜗牛是幸运的，它们遇到了平凡的爱心。可是不平凡的是，当每个人都这么做的时候，这个社会就变成了充满爱的社会。

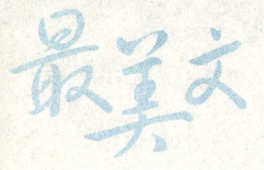

温暖的糖果

文/汤贵成

> 生命在闪耀中现出绚烂，在平凡中现出真实。
>
> ——伯克

英国男孩汤米是一名单亲家庭的孩子，母亲一个人挣钱养家，每天都拖着疲惫的身体回家，这让他很心疼。

平时，母亲也很少给自己买衣服，星期天也出去做兼职。她总说，要多攒些钱，以后他上大学要用呢。

汤米不想母亲那么辛苦，他已经15岁了，不是小孩子了，做为一个男子汉，应该自己挣学费才是。

怎样才能挣到学费呢？因为年龄原因，他无法找到一份兼职的工作。后来他决定，干脆卖糖果吧，就在学校附近卖。

他发现学生们平时都喜欢带糖果当零食，而且这种小零食价格低廉，学生都能接受。在学校附近卖，也不耽误他上学。

说干就干，汤米把平时攒的零花钱拿出来，到批发市场买回一些五颜六色的糖果，用玻璃瓶装着。下课后，他就把糖果拿到操场上，往地上一放，立即吸引了很多好奇的同学围观。放学后，他也第一个冲出教室，跑到操场上，把他的糖果摊开，等着同学们购买。

汤米的糖果颜色亮丽，价格也比别处低，又是在操场里卖，近水楼台先得月，购买者很多。没几天，第一批糖果就卖得干干净净。

汤米把卖糖果所得的钱，再次拿到批发市场去，买回更多的糖果。慢慢的，他手里的本钱越来越多，批发的糖果也越来越多，并附带一些可口的饮料。

货品多了，生意就更好了，眼看着就要挣够上大学的费用了，还没来得及高兴，就被校长抓了个正着。

校长严厉地警告汤米，如果他想继续留在学校，就不能再卖糖果。学校是不允许学生在校内做生意的。

汤米当然不想退学，为了继续学业，他只得忍痛收起糖果摊。

放学后，汤米拿着他的糖果和饮料，走在寒风凛冽的街头，脚步像灌了铅一样地沉重。好不容易能帮母亲减轻一点负担了，现在生意又不能做，手里还积压了那么多糖果，怎么办呢？

他准备找个地方把剩下的糖果卖完，他目光在街头搜索，希望找个好位置。

好位置没找到，却发现街头蜷缩了好几个流浪汉，他们缩成一团，身子轻轻地发抖，好像随时都会在寒风里晕倒。

汤米的心猛地痛了一下，这么冷的天，这些流浪汉无家可归，心里该是多么的绝望啊，如果能给他们一点温暖，那该多好。

汤米看着手里的糖果，忽然有了主意。他走到一个流浪汉身边，把装糖果的袋子打开，拿出一瓶糖果，又拿出几瓶饮料，递到流浪汉手中。流浪汉惊讶地看着他，片刻后，开心地笑了。

其他的流浪汉看到这一幕，也纷纷围了过来。汤米给每人发了些糖果和饮料，大家蹲在街头，热火朝天地聊了起来。北风似乎不那么寒冷了，每个人的脸上都洋溢着幸福的笑。

虽然这些糖果都是自己辛苦赚来的，但看到流浪汉们幸福的笑脸，汤米也觉得心里暖暖的。

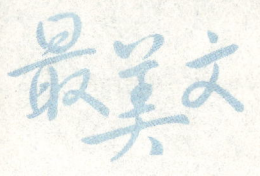

这件事,汤米并没有太放在心里,毕竟,他还得操心以后的生计。但他没想到,这一幕却被人拍了下来,并很快在网上传播。大家对他的行为称赞不已,都亲切地称他为"那个卖糖果的小男孩"。

成了网络红人的汤米,受到很多人的关注。很多人邀请他去卖糖果,也有人愿意跟他合作做生意,还有大公司主动找上门,给他实习的机会。

虽然糖果摊不能再摆了,但汤米却有了更多的选择。抚摸着那些糖果,汤米觉得它们好温暖。

一个自强不息的人,一个愿意给别人温暖的人,一定也会得到温暖的回报。

(原载《东方少年》(阅读与作文)2016 年第 4 期)

人生最大的幸福是莫过于把自己的精神力量奉献给他人,也许我们都应该像著名的法国作家蒙田说的那样:生命的用途并不在于长短,而在于我们怎样利用它。许多人活的日子并不多,却活了很长久。

三千份生日礼物

文 / 闫莹莹

　　全世界的母亲多么的相像！他们的心始终一样，每一个母亲都有一颗极为纯真的赤子之心。

——惠特曼

　　离十二岁生日还有一周时，美国男孩罗根忽然收到了一张贺卡。那是一张充满了异域风情的卡片，粉嫩的色彩，美丽的图画，背面写着一行略显生涩的英文：亲爱的罗根，生日快乐！落款是：来自挪威的朋友。

　　罗根在脑海里不停地搜索，始终也想不起来自己何时认识过一个挪威的朋友。从出生到现在，他从来没有出过国，甚至很少走出家门，准确地说，他根本就没有一个朋友。

　　但是这张莫名其妙的贺卡还是让罗根喜不自禁，他翻来覆去地看了一遍又一遍，直到睡觉时也不肯放下，嘴角含着一抹满足的笑。

　　第二天，罗根居然又收到了一张贺卡，上面也写着祝他生日快乐，落款是一位来自爱尔兰的朋友。

　　就像仙女的魔盒被打开，贺卡一张又一张地飞到罗根手里。那几天，罗根家的门铃一直响个不停，邮递员一次又一次把贺卡送进来，到最后，连邮递员都非常惊讶地说："罗根，生日快乐，你的朋友好多啊！"

　　这些贺卡，每一张都非常精美，有风景有人物，让人爱不释手。那些

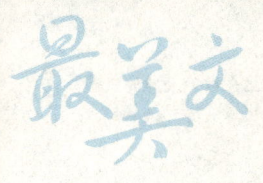

祝福的话也非常美好,像蜂蜜一样,让人心底生出无限甜蜜。落款更是五花八门,几乎囊括了世界各地。

罗根很疑惑,这些人怎么知道自己要过生日呢?他们为什么要寄贺卡给自己?他苦思冥想,始终也找不出答案。

贺卡还是一张又一张地飞进家门,罗根坐在贺卡堆里,一会儿看看这个,一会儿捡起那个,像一个坐拥金山的大富翁。他拿着贺卡满屋子跑,一会儿举到妈妈面前炫耀,一会儿拿到爸爸面前朗读,屋子里一片欢声笑语。

在一场又一场的贺卡雨中,他的生日很快就到了。一大早,妈妈凯瑟琳便给罗根换上了新衣服,还和他一起整理贺卡。

贺卡实在太多了,直到中午时分,母子俩才把贺卡归类放好,一共2999张,也就是说,罗根收到了2999份祝福,这真是有史以来收到祝福最多的一次生日。

凯瑟琳帮儿子擦了擦额头的汗水,正想着中午要如何为罗根庆祝,门铃忽然响了起来。

打开门,一个插满蜡烛的蛋糕出现在眼前,两个身穿警服的人手捧着蛋糕,一边往里走,一边微笑着唱起了生日快乐歌。

"罗根,生日快乐!"歌声结束后,门后又闪出了一大群人。

罗根惊讶得不知如何是好,在妈妈的鼓励下,他终于微笑着走到蛋糕前,深吸一口气,然后用力将蜡烛全部吹灭。

一片欢呼声中,有人往桌上拿香槟,有人端出水果,有人端出面包,有人拉起横幅,有人用鲜花装点房间,短短十分钟,一个生日派对诞生了。

接下来的时间,门铃一次又一次地响起来,不时有人加入到派对中来,而罗根是当之无愧的主角。大家都围着他唱歌跳舞,陪他聊天,给他讲笑话。虽然不知道这些人从哪儿来,为什么对他这么好,但他还是不时发出腼腆的笑声。

看着儿子脸上的笑，凯瑟琳的眼圈渐渐红了。罗根患有自闭症，不愿与人交往，身边根本没有一个朋友，每年的生日，家里都冷冷清清，充满了伤感与无奈。渐渐的，这一天成了一家人都不愿面对的日子。

眼看罗根十二岁的生日快到了，凯瑟琳犯起了愁，她多么希望儿子在生日那天得到朋友的祝福，多么希望儿子能过一个开开心心的生日。

她试着在网站上写下儿子的故事，并衷心希望每一个看到的人都能给儿子寄张贺卡，让儿子的十二岁不再落寞。

只是，她没有想到，儿子居然收到了2999张贺卡，再加上这个特殊的生日派对，一共是三千份生日礼物。

三千份生日礼物，凝聚着一个母亲的心愿。这是三千份爱心的传递，虽然微小，却足以温暖一个自闭症孩子荒芜孤独的心。

（原载《当代青年》（我赢）2014年第7期）

母爱就像太阳，无论时间多久，无论走到哪里，都会感受到她的照耀和温热。每一个被爱包围的孩子，都是幸福的王子和公主！

温暖的土豆

文 / 闫莹莹

> 为着彼此深藏的秘密,我们想要传递给对方的温暖,始终无法泅渡至彼岸。
>
> ——郭敬明

站在寒风凛冽的公交车站台,要等的车一直不见踪影,拿包的手早已冻得冰凉,身体也被冷风穿透。缩着脖子,不停跺脚的你,多么希望有个壁炉从天而降,来温暖僵硬的身体啊!如果再有热乎乎的食物温暖一下饥饿的胃,那么,在车站等多久都不会觉得冷。

不久前,在伦敦的公交车站台上,就出现了这样一个"壁炉"。那是一个方形的广告牌,和站牌差不多大,远远看去,并没有什么特别。可是慢慢靠近它,你就会发现身体在慢慢变暖。广告牌上有一个金黄色的大土豆,形象逼真,让人忍不住想要上去抚摸一下。

哇,"土豆"居然是热乎乎的,像个充足了电的暖手宝。更神奇的是,双手一触摸,"土豆"会立即散发出缕缕香气,直往鼻孔里钻,那味道真诱人,让人忍不住深呼吸,再呼吸,长久地陶醉其中。

仔细一看,"土豆"旁边,还有一个简洁的按钮,如果触摸它,又会有什么奇迹发生呢?试试吧,轻轻一摁,哇,一张优惠券吐了出来。上面写得很清楚,只要拿着它,就可以在任何商店里优惠购买麦凯恩公司生产的一系列土豆产品。

好吧，现在我们终于明白，原来这一切，只是麦凯恩公司为自己的新产品打的广告。

如何让新产品脱颖而出，受到顾客喜爱？在决定生产土豆产品时，负责推广销售的凯文就一直在考虑这个问题。那天下班后，他一边走一边想，不知不觉就到了公交车站。站台上早已站了不少人，大家都翘首以盼，一边跺脚取暖，一边等待着回家的公交车。

在毫无遮拦的站台上，凯文也冻得瑟瑟发抖，饥肠辘辘的他，此时多么希望手里有个暖手宝取暖，又多么希望闻到自己家的饭菜香。可是，环顾四周，除了冷冰冰的广告牌，没有一点暖意。

商家总是想方设法让顾客关注自己，从而让他们心甘情愿掏钱买自己的产品，可是，怎么就没有商家关注一下顾客，给他们送去一点温暖呢？

那天的遭遇，让凯文决定摒弃一切花哨的宣传，只在公交车站台上竖起一个可以取暖的广告牌。他相信，人们在获得温暖的同时，一定会饮水思源，回报以更大的温暖。

果然，这则广告一经面世，就深受人们喜爱，人们在取暖的同时，也牢牢地记住了该公司的土豆产品。那飘出的缕缕香味如此诱人，怎能不到商场购买，好好品尝呢？产品因此名声大噪，销量节节攀升。

广告不应该只是索取，也应该有所付出，当一则广告付出了爱心和温暖时，它收获的，一定是鲜花盛开的春天。

（原载《时代青年》（上半月）2014 年第 7 期）

有一首歌里有这样一句歌词：只要人人都献出一点爱，世界将变成美好的人间。我想，的确如此，如果人们相互关爱，那么人与人之间的关系便是纯真而美好的。

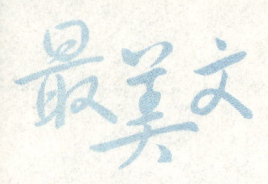

满大街都是陌生朋友

文 / 汤园林

四海之内皆兄弟。

——孔子

厨房的窗子正对着小区大门,做饭时偶一抬头,看见一辆三轮车进了门,一个小女生跳下来,是女儿。

她没有第一时间往家走,而是站在原地和三轮车夫热络地聊了起来。聊了五分钟之久,才和对方挥手道别。

我的火气比炉中的火还要旺,这丫头,跟她交待多少遍了,别随便和陌生人说话,她全都当作了耳边风。

女儿属于"人来疯"的类型,不论男女老少,她都能和人家搭上腔。最让人担心的是,即使在站台上等车,她也能迅速和身边的陌生人攀谈起来,并很快把对方视为朋友。

上次,带她出去吃自助餐,她和同桌的一个小伙子聊了一顿饭工夫,还把自己的手机号码告诉给对方。临走时,还再三叮嘱人家:"记得给我打电话!"

上上次,到服装店买衣服,她和卖衣服的姑娘聊得火热,结果,人家推荐什么她就要什么,还振振有词地说:"她是我朋友,推荐的肯定好!"

现在,她又和一个三轮车夫成了朋友,怎么能叫人放心?她双脚一踏进家门，我就暴跳如雷地吼："跟你说过多少次了，别随便和陌生人说话，你这样迟早会上当受骗的！"

她噘了噘嘴，一副不以为然的样子，小声嘀咕："我不是没上当受骗嘛，别以为人人都像你想的那么坏！"

我无言以对，隔天，带她出去散步，走在大街上，她忽然说："那个是我朋友，我过去打个招呼。"

她跑过去，向对方问好，对方怔怔地看着她，显然，已经记不起来眼前的小丫头是谁。女儿连忙报上姓名，可对方仍然一头雾水。无奈，女儿只得重新介绍自己，并在马路上和对方聊了一分钟。

终于逮着个教育她的机会，那人一离开，我就语重心长地说："你把人家当朋友，可人家根本就没把你放在心上，以后，别随便和陌生人做朋友。"

"这有什么，大不了重新认识一次。"女儿一脸轻松，好像刚才的经历根本没有让她产生半点尴尬和不快。"满大街的人，其实都可以成为朋友啊。"

"你为什么这么喜欢交朋友？"我有些恼火。

"多交朋友有什么不好？上次我迷路了，就是一个骑电动车的朋友送我回家的；上上次我想给你打电话，但手机没电了，就是一个朋友帮我打的；上上上次，我买书时钱不够，就是一个朋友借给我的。而这些朋友，跟我都只有一面之缘，在你看来，这些人肯定都不怀好意或另有所图，事实上，他们就是纯粹地帮助我，没索取任何回报。"这一连串的"故事"，确实听得我心惊肉跳。

"妈妈，在你看来，满大街都是坏人，我们随时都可能被坏人欺骗利用。生活在这样的世界里，你不觉得很可怕吗？"女儿反问。

我一时语塞，在我的眼里，女儿的行为很危险。而在女儿眼里，我的行为就像一个套中人，用冷漠将自己严严实实地裹了起来，避开了危险的

同时,也避开了所有的美好。

正因为像我这样的大人越来越多,生活的世界才如此冷漠,而如果像女儿这样的人越来越多,这个世界肯定会繁花盛开。

我忽然觉得,那些固定的思维很可怕。那一刻,我看着熙熙攘攘的人群,心里被柔情填满,他们,不是毫不相干的路人,而是一群陌生的朋友。

(原载《经典阅读》2014年第4期)

> 茫茫人海就像一片戈壁滩,我们就是滩中的沙砾,不过有你的陪伴使我不再感到渺小和孤独。

不忘却纪念，不停止向前

文 / 程琳

得不到友谊的人将是终身可怜的孤独者，没有友情的社会只是一片繁华的沙漠。

——培根

前些天生日，朋友送了我一本关于旅游的图片散文集，作者用自己的相机记录了沿途的种种。路人的一个灿烂笑容，一个不经意的动作，还有街边的静态建筑，甚至是破败的围墙。

从白天到夜晚，从春天到冬日，时光在书页上被我匆匆翻过。我就想到人生其实也正如这一场漫长的旅行，我们会遇到很多人和事物，我们会留下笑颜，也会洒下泪水。或许在某一天的某一个角落，我们也会被其他人生行者以不同的方式纪念下来。

我突然想起了自己高中那年的毕业季。过去的几年里，是我充当别人毕业季中的观众，而那一年我成为了毕业季的主角。但当高考的列车如约而至的时候，当我乘坐着它达到不那么遥远的终点的时候，当最后一门科目的铃声响起的时候，我才懂得怀念它。

我甚至开始想念，在高中三年岁月里，那些每天清晨不到班级就催命一般催促我交作业的组长和课代表们，那些每回考试都叫嚷着要和我一较雌雄的学霸们，那些每堂课上不停絮絮叨叨教导着我的老师们，那些每节

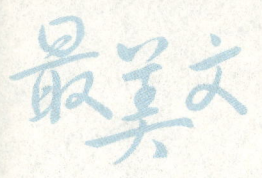

自习课都在班上做"定海神针"管理纪律的班主任们……

记得当时毕业聚会那会儿，班上的同学一致决定要去吃顿好的，犒赏这三年来艰苦付出的自己和恩师们。聚餐到了后半段的时候，毕业聚会的感觉才渐渐浓了起来，开始有同学向老师敬酒和祝福。

我是个不善于用言辞表达感情的人，我只能举着杯子与每个老师干杯，用笑容送上无声的祝福。其实那个时候的画面，现在回想起来，倒有些热泪盈眶的感觉。只是在当时，或许谁都不愿意轻易去触碰那份离别的伤感，泪点的开关一旦打开，恐怕就很难关上了。

后来还有一个同学，让大家每人都将自己的名字签在他的校服上，坐等未来升值。我也在已经密密麻麻被字迹覆盖的衣袖上爽快地签下了名字。

大家都知道我是个写文的，都盼着哪天我成了"大神"，他们跟着也沾光，所以又强烈建议我再签上了笔名。那时候我就在想，早晚有一天，我应该腾出一些笔墨，来记录下我这些可爱的同学。

但天下没有不散的筵席，毕业聚会以后，大家各自查到了成绩，又各自填报了心仪的大学。如今开学将至，我们不得不各奔东西，各自生活，各自打拼，前路不再有熟悉的伙伴，等着我们的是未知的旅途。虽然有时也会因为陌生而感到恐惧，但我知道生活不能回头，更不可能停止。生命是一条单行道，除非放弃，否则只能一路向前。

尽管向前，却不意味着我会忘掉身后已经被我走过的时光，前几天我参与了班里的毕业视频的制作。视频发布出来以后，反响很大，不仅是班里的同学，甚至是其他素不相识，但同属于这一届的毕业生看过之后也都很感动。当视频里播的歌里唱到"我们说好不分离，要一直一直在一起"时，那种饱含深情的调子，再配上大大小小数不清的合照，让人潸然泪下。校园里的银杏叶被摆放成心形，就像我们的心纵使相隔千里也仍然相守相望。

这一生的路还很漫长，我曾经历过许多离别，也曾沉浸于缅怀之中无法自拔。但现在，我知道自己还会继续路过很多人和很多事，可我不会再因为他们的离去而过分伤感，也不会任性地想要停留在黑白的纪念中从此驻足。散文集的文案上写着这样一句话：爱上这旅途，接受这离散；不忘却纪念，不停止向前。

现在我将这句话送给自己，也送给你们。我爱这人生的旅途，因为你会碰到许多和你一样的可爱的行者。他们会陪伴你同行过一段旅程，但在需要挥手作别的时候，就请带着最明媚的笑容合影留念，收入相册。然后祝福彼此，收拾包袱，怀揣着永不忘却的纪念，再次勇敢地向前。相信明天会是更美好的一天！

（原载《语文报》2013年第11期）

我们今生有缘才能在路上相遇，只要我们彼此永不相忘。朋友啊，让我们一起牢牢铭记这段友谊吧，别在乎那一些忧和伤。

第六辑

两个人的战斗

　　我不害怕,因为这不是一个人的战斗,两个人的战斗,而是许多人的战斗!在我们的身边,有更多的战友,彼此注视,相互支持,一同站在了坚实的大地上!

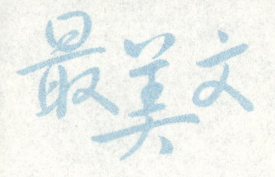

两个人的战斗

文/朱向青

　　最好的朋友是那种不喜欢多说，能与你默默相对而又息息相通的人。

　　——高尔基

　　"让我们约定，彼此坚守吧，让我们在坚守中彼此知道：我们不是孤军！"

　　这句话是我的朋友程君说的，说这话时他的脸上显出很严肃的模样，几抹阳光恰恰伫足停留，使他的脸现出几分神圣般的光辉。我似乎觉得他的手马上要高高举起，庄严宣誓了，不由轻笑出声："你是在喊口号吗？""呵呵"，他有点不好意思了，挠挠头，但随即认真地说："我永远是一个理想主义者！"

　　这是一个雨过天晴的下午，天蓝得出奇，云彩似乎都躲起来了，阳光也久别了似的俏吻着大地，等不及地挤进果园里林子的缝隙，放纵地任自己星星点点洒满一地……

　　这时候，我正舒舒服服地坐在园子里，偶尔呷口清茶，漫不经心地听着，整个下午程君都一直在劝我要坚持写作，他热切地讲了很多很多……阳光懒洋洋地照着，我有一搭没一搭地应着，心里暗笑：我怎么会写呢，多少年没动过笔了，有什么可写的，再说哪有时间写呀……

面前的茶杯早已凉了，耳边飘来他的话语，却依然冒着滚烫的热气：

"你试试，写作能使人充实，体悟人生的真意，写作能内化人的各种素质。"

"不难，你就从写散文开始，再写评论、随笔，而后，不断提高……"

"写作的意义实在是太大了，至少，可以提升我们的思想，托举我们的灵魂！"

程君依然起劲地说着……

我把玩着手中的杯子，随着眼前这人的絮语渐渐地眯上眼睛，杯子也微微地摇晃起来……

写作，真的是很遥远的事了！

读大学的时候或许写过吧？那时，多喜欢看书呀，每每班上的男男女女手挽手，随着熙攘的人流，洒下欢声笑语走向各自神秘夜色的时候，自己就静静地躲在角落里，面前是一本摊开着的书。一任那些花自飘零水自流的清词丽句浸润自己的心田，一任那些一种相思两处闲愁的柔情漫绪轻舞自己的笔尖……

刚毕业的时候或许写过吧？那时，依然天真地认为，清风明月是一个人的事，依然迷恋独处的那份静谧与安祥，只是心中多了几缕对亲人的挂牵。那时多勤哪，一封封厚厚的书信如鸿雁般，穿梭于远方的兄弟姐妹间，年年月月，彼此思念……

记不清是什么时候，自己不再动笔，是工作渐渐的繁忙？还是心情慢慢的慵懒？或者什么理由也说不上，可是，却依旧心安……忽地，心里空空荡荡……手一松，杯子差点掉地，耳边没了声音。抬眼看，程君正不解地望着自己，猛醒到自己走神了。我有些不好意思，夺过他正要端起的杯子，"茶凉了，我再去倒一杯吧"。

一杯冒着热气的清茶端来了，放在了程君的面前，坐定，心里的彷徨、不安又涌上来，我忍不住问他："这么多年了，你从未放弃过写作，到

底它给你带来些什么呢？"

程君听了，沉吟半晌，坦然开了口："其实，这样的问题也一度困扰过我。我曾经把写作视为生命，一直过着青灯黄卷、食不甘味的日子……可这条道路充满荆棘和艰辛，倾尽心血，有时却难有满意的收获。更何况，比别人多一份明白，也就多了一份忧患；多一份超越也就多了一份寂寞。有时候，我真愿意过一种远离艺术的安宁日子。"

程君呷了口茶，眼睛渐渐亮起来了："但也正因为有了写作，我觉得每天的活着都是一种新鲜的体悟，不再任文字搁置，任思维荒芜！"

"那时候，我挚爱着我的文学，我一直固执地认为，一个读书的人是幸福的。破书万卷、神交古人，读书恢复了我们的知性，使我们变得敏感而极易忧伤，但生命体验却因此更加丰富精彩。这实在是读书对于我们的恩泽啊，而笔耕不辍，舞文弄墨，更是苦中作乐……"

"我用笔记下世间一切普通的人及屑微的物事——

记忆里，初春，遍天遍地的雨丝似乎总在低低地为周遭萧瑟的乡村哭泣……耳畔是父亲长长的一两声叹息……

一样有风的冬季，当那个黝黑的小伙子蹬着堆满小山般蜂窝煤的三轮车出了小区的大门时，无声无息飞扬着的雪忽然就大了起来，胤弱的拉煤人的身形就和弥漫的飞雪裹在一起，模糊在我的眼睛里……

秋天的一次车祸，朋友来看我，我说这次你可以给我送这样一幅对联了——'瘸腿走江湖，独眼看世界'，横批就是'如此人生'吧。闻言他竟噗哧笑出声来……

2006年夏季，我记下这样一件事，北京某报陈记者在救助一个少女时，被三个歹徒当场打得不省人事，现场有两桌食客和几个铺子的老板观望，但没有一个人报警打110，任由歹徒逍遥法外……

……一年四季酸甜苦辣就这样进入了我的文章里，文字，始终让我喜忧掺半苦乐与共！"

程君稍停，将杯中余茶一饮而尽，似乎意犹未足："许多人都是有才华的，只是觉得不屑，于是在消磨中时光徒耗，才华渐尽，却浑然不觉，依然眼高手低，不以为然。再后来，与从前对比却已判若两人！"

"所以写作，赋予了我们无比高贵的灵魂，与常人不同的孤独高贵的灵魂——温婉而又冷酷、软弱而又坚硬、热情而又孤僻……在一种生与死的边缘矛盾、挣扎，只有亲近的人才知道啊。"

说着说着程君有些动容，他停下了，转头凝望着远处，我分明看出，他的眼角已微微润湿。我盯着他的侧影：这时的他，一个西北的汉子，表情竟是那么的柔和生动，与周围金黄色的阳光又是那么自然融合……

收回视线，程君继续坚定地说："因为这样高贵的灵魂，我们便有了不竭的生命追求，我们的生活便有了求真求善求美的至高境界。普通及屑微的人物带给我更多的体悟与感动，写作就成了拯救我生命和灵魂的唯一手段。既然不能因诅咒黑暗而获得光明，那就燃起一截小小的蜡烛，为自己的生命照亮！"

"点亮心灯，为自己的生命照亮！"我反复念着这句，心似乎也跟着亮堂起来了！良久，程君沉默了，可他的话语却如同滚烫热水冲泡出的清茶，在空气里飘香，缕缕生烟，久久不散……

突然我有了一种冲动，我脱口而出："我愿意，我想写！"

程君笑了，带着鼓励，带点怜惜："文字其实是很累人的，文章写完还要欲罢而不忍，一直眷顾。呵呵，不过，文字的魅力也在这里，让你食无味，寝无眠……"

"享受幸福，忍受痛苦——这，是战斗的滋味，苦乐无穷，你，准备好了吗？"

滚烫的茶水触及我的唇，我深深地吸了一口气，是的，我记下了，我记住了这种味道，激荡的战斗的味道……

但我不害怕，因为这不是一个人的战斗，两个人的战斗，而是许多人的战斗！在我们的身边，有更多的战友，彼此注视，相互支持，一同站在了坚实的大地上！

"贴近底层，关注苍生，张扬个性，坚守信仰"是我们高展的文学旗帜，站在这面飘扬的旗帜下，我没有举手宣誓。与大家相比，我自觉渺小，但我却仰头，满心虔诚，小声而又坚定地说："我准备好了，时刻准备着……"

相约战斗！彼此坚守！——这一刻，是如此幸福，如此神圣！

（原载《语文周报》2014年第9期）

友情是相知，当你需要的时候，你还没有讲，友人就已来到你的身边。他的眼睛和心都能读懂你，更会用手挽起你单薄的臂弯。由此你不会再感到孤独。

关怀的力量

文 / 思想者

爱能够创造一切。

——佚名

在我们短暂的生命中，可以没车子、没票子、没房子，但就是不能没有关怀。因为它是生命里的太阳，能融化所有冷漠的冰，驱除人生中的阴霾，带给我们丝丝的温暖和光明，产生巨大的奋进的力量！

《伊索寓言》里有一则小故事：北风与太阳两方为谁的能量大而相互争论不休。他们决定，谁能使得行人脱下衣服，谁就胜利了。北风一开始就猛烈地刮，路上的行人紧紧裹住自己的衣服，行人冷得发抖便添加更多衣服。

风刮疲倦了，便让位给太阳，太阳最初把温暖的阳光洒向行人，行人脱掉了添加的衣服。接着太阳把更强烈的阳光照射向大地，行人们热得渐渐地忍受不了，便脱光了衣服，跳到旁边的河里去洗澡。毫无疑问，太阳比北风更有力量。

我们的人生，多么需要太阳一般的温暖和关怀啊！这关怀或许是亲人的规劝和爱护、领导的关心和提携、老师的鼓励和帮助、朋友的肯定和支持，让我们如草木一样，得到阳光的沐浴，茁壮地成长。

而"北风"则不是我们想要的，它只会对我们求全责备或粗暴地训斥、挖苦和贬低，那种冷漠使人感到寒得彻骨，即便有一颗上进的心，也饱受精神的摧残，常常会自弃和沉沦。

"这个世界上关怀是最有力量的，时时关怀四周的人与事，不仅能激起别人的力量，也能鞭策自己不致堕落"。这句话是台湾的王雨苍老师对学生林清玄说的。高中二年级时的林清玄，学业与操行都很差，被学校记了两次大过，还被留校察看，赶出学校宿舍。

幸运的是他的导师王雨苍先生一直没有放弃他，时常对他欣赏地说："我教了50年书，一眼就看出你是会成器的学生。"在老师的赏识和关怀下，林清玄的内心受到了极大的震憾和激励，希望的火炬在他心中熊熊燃烧，从而使他浪子回头，立志要度过一个"关怀的人生"。后来，他走上了写作之路，成为台湾地区最有影响的作家之一。关怀可以改变人生，其力量的巨大可见一斑。

在我的人生陷入低谷的时候，我很庆幸，得到了朱老师的关怀。他与我原本素昧平生，偶然中他看到著名评论家姜孟之为我在《人民日报》"大地"副刊发表的一篇散文所写的文学评论，我们才有缘相识。这位年近古稀的朱老师为人宽厚、慈善，热心公益事业，遵循"三不"的人生理念，即不要误事、不要误人、更不要误国，关怀着他人。

他得知我的创作条件非常艰苦，家境又不富裕，很理解和同情，就想改善我的创作环境和条件。于是朱老师不辞辛苦，亲自深入到我所在的炼铁厂和家中采访。当他看见我多年创作并在全国发表的大量的作品时，一再鼓励我这个年轻人要多为读者提供精神快餐。

后来，他写了一篇题为《林振宇：一块会"开花"的石头》的长篇通讯，整版刊发在《林城晚报》上，我自学成才的事迹在社会产生较大的反响。正是朱老师的关怀和鼓励，让我感受到了雪中送炭的真情，激励着我为实现梦想而继续发扬自强不息的"犟松"精神，投入到我热爱的文学创作中。

这世上总有一种力量让人泪流满面，总有一种力量让人刻骨铭心，总有一种力量让人奋发进取，这种力量就叫做关怀。关怀同样是一种向善和大爱，它像阳光一样洒播在人间，给我们温暖和力量，给我们信心和愉悦；它如甘霖般滋润着我们久旱的心田，让一些荒漠的心田，也能长出一片绿洲。当我们从别人那里得到这种关怀的力量并加以传递的时候，我们的社会将会更加和谐，我们的人生将更加精彩！

（原载《老年世界》2013 年第 6 期）

爱是春风化雨，滋润人心并给予其向上的生命力。每个人多一点爱，那世界就是一片爱的海洋！

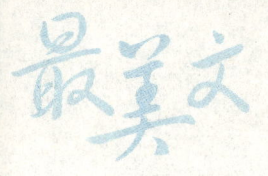

人心暖了，世界也就暖了

文 / 金珠

爱之花开放的地方，生命便能欣欣向荣。

——梵高

一

李达买了一套新居室，便想把原来的旧居卖掉。他在网上发了一个帖子，一个叫孙强的人表示愿意购买，孙强看了李达的房子后觉得非常满意，两人的这笔买卖几乎没费什么周折就谈成了。李达在腾空房子时，阳台上一个大塑料箱里装满了他儿子小时候玩过的一些玩具，这些玩具虽然有些陈旧，但也没怎么损坏，只是孩子现在大了，他对玩具已失去了兴趣。

李达想起，孙强来看房子时，带着一个三、四岁左右的男孩，孙强说是他儿子。李达当即决定，把这些玩具留下来送给孩子。为了避免引起不必要的误会，李达特意给孙强打电话说了此事。孙强高兴地接受了，并一再对李达表示感谢。

过了几天，李达突然接到孙强打来的电话，孙强说，务必请李达过来一趟，有重要物品归还。李达去了，孙强拿出一条亮闪闪的白金项链给他看,"李大哥,你看这是不是你家落下的东西,我是在玩具里发现的。"李达眼睛一亮,这不是他给妻子买的那条结婚项链吗?当初妻子找不见项链,当是丢了,原来掉在了自家的玩具堆里。李达紧紧地握着孙强的手,感激之情不言而喻。

孙强倒是镇定地说:"李大哥,您别这样,当初你把那么多玩具送给孩子,我提出适当给你点钱,你说什么也不肯要。你不知道那些玩具都好好的,我儿子可高兴了,当宝贝似的。我们是进城打工的,经济不宽裕,平时几乎没给孩子买过什么,难得您这片好心,我们对您感激还来不及呢!再说,这个链子本来就是你家的东西,我若不声不响占了去,还算是人吗。"

听了这话,李达心里热乎乎的,同时也是感慨万千,他没想到,这些对他已毫无用处的玩具,却帮他找回了最宝贵的东西。

二

表嫂给一家单位做饭,这家单位规模不大,也就十来个人,每月工资1800元,4天休假。

前一阵子,我的几个同学合伙开了家公司,让我帮他们找个做饭的,每月工资2500元,双休日照常休。我一下子想到了表嫂。不料当我把这个好消息乐滋滋地告诉她时,却被她一口拒绝了。我不解劝她,这里收入要比你过去每月多700元,而且还多休4天假,按市场行情已经很好了。

表嫂不为所动,微笑着说:"是不错,可我在那里时间久了,呆出了感情,让我突然离开,我还真有点不舍得。再说,他们吃惯了我做的饭,离开了,总觉得心里欠下人家什么似的。"我笑她糊涂,人走茶凉,有谁会记得你的好?

表嫂摇头道:"我来给你说几件事吧!有一次,我感冒了,硬撑着去做

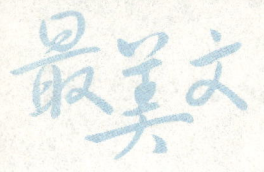

饭,他们一看我不舒服,赶紧让我回家休息,晚上又带着礼品来看我,当时令我很感动;逢年过节,他们发慰问品,总要给我备一份;每次吃饭,如果我正好忙着炒菜,每盘菜刚一出锅,他们就单独拨出些留我一部分;有人外出旅游,带回来的纪念品总少不了我的,可以说他们从没把我当外人看!你说,人家对我这么好,我如果因为别人给我工资多了就离开,良心上能过得去吗?"

三

家里装修新房,图方便,我把房子钥匙交给了装修师傅。一天,我正上班,送灯具的打来电话,说东西到了,可家里没人。由于一时走不开,我给装修师傅打电话说了情况,装修师傅说,他这就回去开门,让送灯具的稍等一会。

本以为事情就这么完了,但过了一阵,送灯具的再次打来电话:"师傅,我还和别家约好要去送货,你能不能让装修师傅快点,麻烦你了。"我有些意外,原以为门早就开了呢!赶紧给他解释:"你先别着急,装修师傅应该正往回赶,这样吧,如果过十分钟门还没开,你再给我打电话。"

跟他通完电话,我正想给装修师傅打电话问问,凑巧,办公室来了一位同事,我们又谈起工作上的事。同事走后,我去接水,看到外面骄阳如火,行人稀少,突然心里一动,也不知道给送灯具的打开门没,如果让人家大热天还在太阳底下干等着,实在就说不过去了。

心念至此,我决定再落实下情况。拨通电话,送灯具的爽朗地说道:"送到了,送到了,我这会正给别人去送货,没事啦!"我也放下心来。

几天后,我正在新房查验,门外响起敲门声,打开一看,门口站着一位穿劳动服的陌生人,他自我介绍:"我是前几天给你家送灯具的,那天给你家送的灯具在库房装车时外包装破了,掉出一包螺钉帽,今天我给你送来了。"哦,怪不得安装灯具的师傅说如果固定灯具的螺钉有个装饰帽就更美观了,原来是漏掉了。

我连连向他道谢,他却略显腼腆地说:"你那天还最后打电话问我进门没,说明你一直把事放在心上,很少有人对我们送货的这么在乎和尊重,有时我们催促紧了还讨人嫌。其实这包东西我送不送都无所谓,但我还是觉得应该给你送来。"

人心都是肉长的,只有当我们心里装着别人,自己的言行举止能让对方充分感受到温暖和尊重,对方才会用同样的态度和方式回报你,世界也会因此变得更温暖和明亮。

(原载《考试报》2014年第6期)

在这个钢筋水泥构筑的城市里,除了阳光给予的温暖,还有人心传递的爱呢。

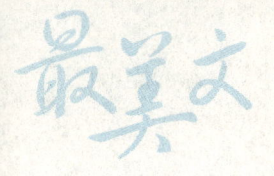

大腕们的一诺千金

文 / 高然

一言既出，驷马难追。

——中国俗语

生活中，承诺别人的事，就不能言而无信，失信于人。只有做一个讲信誉，说话算数的人才能得到别人的尊敬和爱戴。诚信是一个人立身的根本，对于明星大腕来说，更是尤为重要。

娄烨对黄轩的承诺：我欠你的一定加倍补偿

2008年，年仅23岁的黄轩与导演娄烨合作了《春风沉醉的晚上》，这部电影原本有两条主线，一条是秦昊、陈思诚主演的线，但这条线比较沉重；另一条线是黄轩和一个男孩主演的大学生，这条线很干净阳光。

娄烨本来是希望两条线同时展开，有一个对比，但最后因为黄轩的那条线要讲的事太多，考虑到整个故事和电影片长，最后就逐步被剪掉了，从40分钟剪到半个小时，故事也不完整了，娄烨就决定彻底去掉。然而这事，娄烨并没有对黄轩讲。

后来，电影在第62届戛纳国际电影节上获得了最佳编剧大奖，剧组的人特别高兴，黄轩也不例外。可是就在他满怀激动等待去戛纳参加颁奖庆典时，剧组的人却吞吞吐吐地告诉他，你不用去了，没你什么事。黄轩哪里相信，他去问娄烨，娄烨这才不好意思告诉了他实情。黄轩当时的心情沮丧失落到极点，娄烨也觉得对不起人家，当即对黄轩承诺道："这事是我欠你，放心，以后我一定加倍补偿。"

一晃4年过去了，就在黄轩都要把这件事忘记时，2012年的一天，娄烨突然给黄轩打来电话，邀请他参加自己计划开拍的电影《推拿》。对待这次合作，黄轩同样珍惜。在《推拿》中，黄轩饰演一名小时候因为车祸失去了视觉能力的少年，戏份很重。为了演好这个角色，他到盲人按摩院体验生活20天，还蒙着眼睛过日子，为的是真切揣摩盲人的感受。

天道酬勤，2014年2月，该片在第64届柏林国际电影节上一经首映，黄轩到位细腻的演技就得到观众的一致认可和称赞，最终获得银熊奖。随后，又获得第51届台湾金马奖最佳影片。黄轩由此从一个名不见经传的演员步入当红一线小生的行列，而娄烨也实现了当初对他的承诺。

韩红对奶奶的承诺：尽自己的努力去帮助别人

2011年8月9日，韩红装载着600万元的医疗设备和物资，带着北京30多位最好的医生和专家浩浩荡荡地开启了她的首次援藏献爱心之旅。行程中，他们时常遭遇沙尘暴，狂风刮得车身左右摇晃，上下颠簸，狂风卷起的沙子疯狂地打在车窗玻璃上。沿途他们行走了14个县市，开展了14场专家义诊，为数以千计的新疆地区群众送去了医药诊断。

从一个记录片中我们可以看到这样一幅画面——在新疆某地一间急诊室，当一名肝癌及心梗患者被抬进来时，瘦弱的女医生冲上来抢救，给病人做心外按压，上上下下几十次，病人仍然没有脉搏；情急之下，另一位年轻的男医生上来了，冒着被传染的危险嘴对嘴就开始了人工呼吸。然而病人最后还是去了。

韩红由焦急到悲伤，她流着眼泪先后拉过来两位医生，与他们拥抱，向他们致敬，并向现场所有的人介绍医生是如何将自己的安危置之度外而奋力抢救病人，场景极为悲壮。几年来，韩红凭着她的影响，号召带领无数明星、企业家数次深入地震贫困地区捐钱捐物，并身体力行参与救援和帮困，韩红个人先后将她唱歌挣来的几百万元献给了慈善事业，收养了近300个贫困子女。

更为惊险的一次，她的车子在风口被掀翻，打了两个转后栽进了路边的沟里，韩红与死神擦肩而过。既便如此，韩红还是义无反顾地投身在慈善事业中，为需要帮助的人送出温暖和希望。

对于韩红的行为，很多人表示不解。作为明星大腕，要钱有钱，要名有名，她完全可以过香车豪宅，锦衣玉食的生活，为什么对风餐露宿，慷慨解囊这么钟情呢？在一次访谈中，韩红是这样解释的：我从小由奶奶养大，奶奶是一个特别善良的人，赋予了我很多慈善情怀，那时我就对她承诺，将来一定会尽自己的努力去帮助别人。"

原来善是有源头的，不过是对亲人的一句承诺，韩红便不改初心，身体力行。在践行自己对奶奶承诺的同时，也让她成为受人尊敬和播撒正能量的使者。

范伟对张猛的承诺：我答应你的事肯定会兑现

2003年，初出茅庐的青年导演张猛获得了一个好剧本，他想把剧本拍成电影，名字都想好了，叫《耳朵大有福》，而且他认为，剧中主人公的扮演者非范伟莫属。只是他那时资历尚浅，既没名气也没地位，范伟愿意冒这个险吗？不料，他试着跟范伟一接触，范伟也很感兴趣，两人当即一拍即合。然而，由于资金迟迟不能到位，张猛既焦急又无奈，开机时间就这样一推再推，一直推了4年。

这期间，范伟又与其他几位大导演合作拍了很多影视剧，名气越来越大。2007年，张猛终于有了可靠的投资商，他试着邀请范伟再次出演，范伟还是像上次一样爽快，并且得知张猛这边资金不是很充足，便只象征性地收了些片酬。2008年，张猛的电影处女作《耳朵大有福》一经公映大获成功，在上海国际电影节获得"亚洲新人奖"和"评委会特别大奖"。

在颁奖现场，张猛激动地说："这部电影我最想感谢的人是范伟老师，他不但帮我实现了梦想，而且也助我实现了诺言。当年我结婚时，答应拍一部有份量的电影送给我太太，可是很长时间都没有完成；后来我又承诺在孩子出生时送一部电影给她们娘俩，也没有实现。现在我的孩子都半岁多了，这个诺言我终于实现了。"

而范伟却说："谁都有处女作，谁都要经历第一次，如果都不相信新人，他们怎样迈出第一步呢？张猛有梦想，我希望能替他圆梦。再说，我当年答应他拍戏，就肯定要兑现，怎么能对自己说的话不负责任呢？"一番朴实的话，深深感动了在场每一个人。

诚实守信，承诺是金，这是人人都明白的准则和道理，但实际实践起来，却又没有几人能够真正做到。在人际交往中，如果我们能像这几位大腕一样说到做到，就会显出不一样的境界和风度，也会让自己成为一个受人称颂和尊敬的人。

（原载《思维与智慧》（下半月）2016年第1期）

作为一个大人物，能够信守承诺，实在是难能可贵的品质。也正是因为有了这些品质，才成就了他们今天的位置。所以，你能到什么位置，完全取决于你自己！

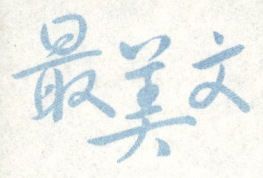

坏小子请走开

文 / 雨街

青春是道明媚的伤。

——郭敬明

1. 坏小子也可以喜欢好学生

每天上午最后一节课,铃声一响起,我就会挤到窗边,看楼下熙熙的人群。这时候,窗子旁边坐着的乔小雨,被我挤到一边,不满地嘟着嘴。

我不理她,眼睛一眨不眨地盯着窗外,因为,在十一点五十六分,马依依会准时出现在我的视野里。

马依依,三班的,全年级第一名,传说中无人能敌无坚不摧的厉害角色。可是拜托,她不是书呆子,漂亮的大眼睛视力永远1.5,脸上的皮肤永远光泽嫩白。多厚的习题也摧残不了她的健康与美丽,她还会跳好看的拉丁,会画神秘莫测的写意,会唱九曲十八弯的民歌,她是无数男生梦里的公主。

我看着马依依走出教学楼,柔顺的长发,明亮的眼神,蓝色的校服裙,好看的帆布鞋,小兔子一样弹跳着进入餐厅。这段时间是十二点三分零五秒,三分零五秒以后,马依依就消失在我的视野里。这时候我才拿起饭盒,准备去餐厅。

乔小雨知道我的秘密，她嘲弄我英雄一世，还是过不了美人关。我郑重地告诉她，我不是俗人，女生既要秀外，又要慧中，才能吸引我的视线。说完这些，我坏笑着点点她鼻子上的小雀斑说："乔小雨同学，你什么时候才能修炼到秀外慧中呢？"

乔小雨撇撇嘴，跑到我的课桌前，扯出我不及格的英语卷子：路小天你慧中吗？马依依那么骄傲，那么优秀，怎么会喜欢你一个天天上批评榜的红人？

我不生气，我就是个坏小子，让老师头疼的坏小子，可是，坏小子，就没有权利喜欢好学生吗？马依依脸上也没写："坏小子请走开啊"。N年前的"流星花园"，道明寺就可以喜欢一棵杉菜了，现在坏小子喜欢好学生早就不新鲜了。

就这样，看了马依依六十三天以后，我决定，给马依依写信。

2. 精诚所至，金石为开

书到用时方恨少。

我终于明白这句话的意思了，我把笔的一头咬得伤痕累累，想着怎样把一腔热忱转化成优美的文字。

衣带渐宽终不悔，下边那句是什么来着？曾经沧海难为水吗？我悄悄问乔小雨。

乔小雨刚喝进嘴里的水，一滴不漏地喷在我的脸上，"你要是真这样写，马依依那里百分之一千没戏。"

我知道，乔小雨是才女，语文老师最得意的弟子，于是，我求她帮我修改。但是，我警告她，大方向不能变，措辞优雅一点就好了。

乔小雨看着我写给马依依的信，眼神很忧伤，我装作看不见。我知道乔小雨的心思，可是，我的心里只有马依依，光芒万丈的马依依。

我一天一封，风雨无阻，无论是自习课，还是班主任的数学课，我都

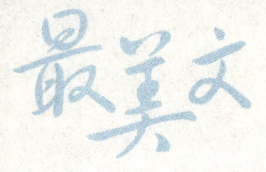

在给马依依写信,有几次,差点被班主任发现,幸好乔小雨是个合格的哨兵,每次都帮我化险为夷。

乔小雨啃着我奖励她的香辣鸡腿堡,辣得眼泪哗哗的,她说路小天你少写点吧,我给你放哨都没精力听老班讲课了。再这样下去,我数学成绩就更差了,我会被老班K掉的。

我同情地望着乔小雨,除了语文,其他科目她和我一样糟糕。我们都不爱学习,都喜欢因为打游戏而迟到,都被逼无奈抄袭作业,都喜欢老师不喜欢的明星,比如被音乐老师骂得狗血淋头的曾轶可。可是,我不想找一个同类做女朋友,两个人总做一样的事情,即使拍成电视剧,也是很OUT很无聊的情节。

所以,我执着地给马依依写信,我相信那句话:精诚所至,金石为开。

这句话,是乔小雨教给我的。

3. 马依依给我送了一个生日大礼

在我的情书写到第九九八十一封的时候,我的生日到来了。我不能再一味等待,唐僧取经,历经九九八十一难,终于见到真佛可我呢,写了九九八十一封信,马依依居然像一块沉寂的石头,杳无音讯。看来,我必须鼓起勇气,直面马依依。

可是,当马依依从教室出来,站在我对面的时候,我的勇气荡然无存。我的喉咙像堵了一块棉花,呜呜呜地说着含混不清的话。马依依蹙着眉头,用好看的大眼睛打断我的天外之音:"你找我有事吗?"

"后天是我生日,我定做了生日蛋糕,你能来一班为我过生日吗?"我的声音小得不能再小。

马依依盯着我,眼神让人琢磨不透,像过了一个世纪那么长但最终她点头答应了,而且她说,到时候会送我一个生日礼物。

我兴奋得跳起来。

精诚所至，金石为开！

生日，终于来了。这个生日在学校过，没有佳肴，没有美酒，没有父母的陪伴。但是我不孤单，因为有好多同学，特别是，有马依依。

乔小雨送了我一只奇特的礼物，一个公鸡样子的闹钟，里边有七只彩色的蛋。闹钟在早晨会响七次，每响一次，公鸡就会下一只蛋，下完七只蛋……

下完蛋"闹钟就安静下来了是吧？"我望着这只会下蛋的公鸡，想着每天清晨它会聒噪地叫我起床，头大了一圈。

"不是，你要把七只蛋完璧归赵，都给它放回去，它才会安静下来。"乔小雨笑眯眯地说，"所以，你一只蛋都不能丢，否则，它会叫个没完。"

看着乔小雨天真可爱的笑容，我只好收下这份特殊的礼物。

不知道马依依会送我什么礼物？一只不下蛋的母鸡吗？我很市侩地想。

"路小天，生日快乐。"马依依抱着一个大袋子，面无表情地站在我面前。

那一刻，如果有血压计，我想我的血压一定超过了180。马依依真的给我过生日来了，马依依真的带了生日礼物！

"打开看看！"马依依把厚厚的牛皮袋子递给我，脸上还是像镜子一样平静。我不在乎她的表情，小女生嘛，总是要矜持一点的。

我用小刀，小心翼翼地割开袋子的出口，同学们也因为我小心的动作都屏息凝神，眼珠一动不动地盯着纸袋。

我拿出一摞东西，是信。

再拿出一摞东西，还是信。

最后拿出一摞东西，还是，信。

淡蓝色的信封，不好看却极力写工整的字迹，书写出的，是马依依收，路小天寄；马依依收，路小天寄……

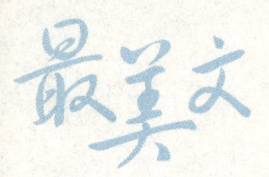

那是我写给马依依的信。

现在它们都回来了,一封不少,九九八十一封,按照次序,整整齐齐地排成三摞,被我从牛皮袋子里,一摞,一摞,小心翼翼地取出来,摆放在自己面前。它们好安静,一封都没有开启过,平整如新,和我当初传给马依依时一模一样。它们用完整的姿态,嘲笑我的残缺。原来,一个坏小子,喜欢一个好学生,注定万劫不复。

马依依给我送了一份大礼。在我生日那天,她把我的心伤透,然后密封在一个牛皮袋子里,让我亲自剖开,看自己伤透的心。

4. 石头也有变翡翠的一天

"马依依,你好过分,你不该这样对待别人的喜欢!"乔小雨小脸涨得通红,双手叉腰,愤怒地指责马依依。

马依依冷冷地笑:"我不交给老师已经是手下留情了。"说完,扬长而去。

我抬起头,看天花板上蒙尘的吊灯,原来,我简单纯粹的喜欢,自以为伟大绝尘的情感,在马依依心里,是这样的轻贱,不堪一提。或者说,我的喜欢,一个坏小子对她的喜欢,是亵渎,是侮辱。

乔小雨走过来,递给我一块手帕,擦擦你额头的汗吧。

乔小雨真是细心的女生,看到了我眼中隐忍的泪水,谁说坏小子没自尊,他只是比别人善于隐藏罢了。我擦汗,偷偷擦泪水,把手帕还给乔小雨,坏坏地笑:乔公主的手帕真香!乔小雨第一次没敲我的头,随便我调侃。

乔小雨的公鸡下蛋闹钟,真是前无古人后无来者,每天清晨,它都要大声啼叫着生七个蛋,完了以后,就开始不厌其烦地打鸣,我只好把七只蛋一一送回去,这一切做完,我发现我的瞌睡虫不翼而飞了。

于是,我开始背诵英语单词,语文古文,我知道了"除却巫山不是云,曾经沧海难为水",也知道了"衣带渐宽终不悔,为伊消得人憔悴",可是,不用了,没有马依依供我惦记了。惦记我的乔小雨也改邪归正,立志向佛,天天比我还刻苦,她说,她要考出好成绩,PK 马依依,让马依依知道,石头也有变翡翠的一天。

石头真的能变成翡翠呢!我和乔小雨,在期末考试中,居然挤进了前三名,第一名:路小天,第二名:乔小雨,第三名:马依依。

我们三个人,站在领奖台上,一起听很响亮的掌声,马依依的眼睛,兔子一样红,可是有什么办法呢。我自己都想不到,大顽石路小天,劈开难看的表层,里边会是碧绿的翡翠。

按说故事到这里,该结束了,可是,初三来了,重点高中近了。

5. 真实的青春

我说的重点高中,不是一般的重点高中,它是传说中,一脚踏进它的大门,另一只脚就可以走进清华的奇迹。这哪里是重点高中,简直就是名牌大学的预科班。

这样的重点高中,谁不想进啊?可是,学校只有两个保送名额。

谁去?考试说了算。

乔小雨,马依依,我,在同一个考场。

题目不难,我看乔小雨,她给我一个恬淡的笑容。看马依依,我看到紧蹙的眉头,有些颤抖的手。伸向抽屉。我吃了一惊,马依依,居然想作弊。

监考老师,缓缓走向她,她浑然不觉,颤抖的手,继续伸向抽屉深处。

我留恋地望了一眼试卷,然后,决绝地站起来,挡住了监考老师的步子:"老师,我交卷。"

监考老师愕然:"为什么交卷?你还没做完呢。"

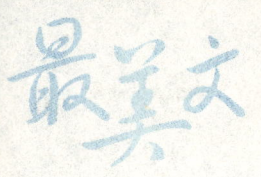

"我想参加中考,那样的大考才能证明我的实力。"我自信满满地说,考场上嘘声四起。

我收起文具,镇静地走出考场,看到乔小雨不解的目光,马依依愧疚的眼神。

马依依和乔小雨得到了保送名额,但是我不遗憾,不嫉妒。我相信,我会顺利走过中考的风雨,进入传说中的重点高中的。

不要以为我对马依依还有什么想法,我只是想谢谢她,她的确深深地伤害了我。但是伤害是把双刃剑,被劈开的疼痛总会慢慢痊愈,露出来的翡翠,才是真实的青春。

(原载《语文报》2013 年第 19 期)

青春,一半是明媚,一半是忧伤。它是一本惊天地泣鬼神的著作,而我们却读得太匆忙。于不经意间,青春的书籍悄然合上,以至于我们要重新研读它时,却发现青春的字迹早已落满尘埃,模糊不清。

飞舞在青春里的手套

文 / 张君燕

  初恋——那是一场革命：单调、正规的生活方式刹那间被摧毁和破坏了。青春站在街垒上，它那辉煌的旗帜高高地飘扬。不论前面等待着它的是什么，死亡还是新的生活，它都向一切致以热烈的敬意。

——屠格涅夫

一

  我是在开学几天后的班会上，才发现这个陌生的环境中竟然还有我的"熟人"。台上那个穿着格子衬衣的男孩正在做自我介绍，他的声音极小，白皙的脸庞也因紧张而变得涨红。

  他不停地搓着双手，这个下意识的动作却突然让我有了一种似曾相识的感觉。我在心里默念着他的名字，眼前这个男孩窘迫的样子一下子与我记忆中模糊的影像重合。是的，就是他，我们曾经做了三年的同学。

  三年前刚上初一的时候，他也是这种紧张的样子。那时，他刚从农村考上城里的中学，常常穿着一件黑白格子衬衣，内向腼腆地如一个小姑娘。要不是今天他站在台上做自我介绍，我几乎要把他给忘记了。

  随后老师重新排座位时，竟然安排他和我做了同桌。看着他腼腆地

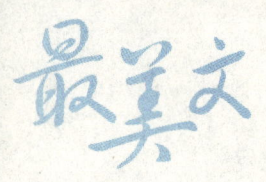

笑，我的心里莫名地生出了一丝踏实的感觉。也许对于同样内向害羞的我来说，他的存在会让我多一些信任和放松。

二

果然，我们很快便成了真正的熟人，他说从学前班一直到现在，我们一直是同班同学。我惊疑地望着他，久久没有说话。对于他的话我是深信不疑的，我只是奇怪自己为什么对此一点印象都没有。

"我不爱说话，又不像你学习那么好，自然没有人注意到我了。"他笑了，露出两排洁白整齐的牙齿，窗外大片大片的阳光照进来，洒在他干净的脸上。就在那一瞬，我突然觉得他纯净阳光的笑容是那么熟悉、那么亲切。

一瞬间，我想起了潜藏在记忆里的往事。其实在三年前，这干净的笑容也曾在我的生命里绽放过。也是刚开学不久，学校组织了一次郊游。我们大口大口地呼吸着清新的空气，双眼贪婪地捕捉着绽放在眼前的秋日美景。尽情地玩过闹过之后，大家席地而坐，开始吃自己带来的食物。

由于家人给我的生活费有限，我只带了一瓶水和几包饼干。独坐一隅的我正打算吃饼干时，一个温和的声音突然响了起来："我带的水果太多了，我们一起吃吧。"转头，便看到了他。

内向的我本能地想要拒绝，他的笑便毫无征兆地在我面前绽放开来，在秋日的阳光里，显得那么灿烂那么纯净。我害羞地点了点头，他把带来的水果全部摊在我面前，弯弯的香蕉、圆圆的苹果，火红的、金黄的，在我们面前呈现出了一片五彩缤纷。

按正常的逻辑，我们之后应该有更多的交流和了解，然后成为很好的朋友也不一定。但事实却是，自从郊游回去后，我们便再无交集，以至于他渐渐隐于忙乱的学习生活中，渐渐遗忘在我的记忆深处。我们都是害羞内向的孩子，也许互不打扰才是我们最喜欢的相处方式。就这样，直到三年后,他纯净阳光的笑容再次把我的记忆唤醒。

三

高二那年冬天,天气冷得出奇,一向怕冷的我更是冻得伸不出手来。他认真地说:"越怕冷越冷,你用两只手互相搓搓,就暖和了。"我照他说的做,手却依然冷得不行。

"你就是个冷血动物。"他笑个不停,不过眼神里却并没有嘲笑的意味。我自然毫不客气地回敬:"要你管!你才是冷血动物!"他不再还嘴,眼角还带着弯弯的笑意。

第二天上课时,我打开书桌,却发现里面有一双崭新的棉手套,手背上两只五彩斑斓的蝴蝶似乎正振翅欲飞。我下意识地望向他,恰好他也正向我这边张望,四目相对的刹那,我们竟都有一点紧张和不安。片刻之后,还是他先开了口:"昨天放学,刚好看到一家小店里有棉手套,顺手就买了,你不是嫌冷吗?快戴上吧。"

他淡然和冷静的语气让我的心情也平静下来,我笑着对他说了声:"谢谢。"他淡淡地笑着,并用鼓励的眼神看着我。在他的目光注视下,我郑重地戴上了那副棉手套。余光中,他又一次绽放了灿烂的笑容。

戴上手套,我的双手不再僵硬,但再暖的手套也不能自动发热,我的手竟还是感到冰凉。看到我仍是不停地搓手,他皱起了眉头。忽然他说:"我帮你暖暖吧。"我几乎是大惊失色,要知道,他的话如果被同学们听到足以引起一场轩然大波。

看到我惊恐的样子,他忙红着脸解释:"你想什么呢!我说我帮你暖暖手套。"说着,他拿过了那双手套,径直戴在自己手上。片刻,他把手套递给我,示意我戴上。我的手刚伸进去,就被那带着他体温的浓浓的热量所包围,那股热量从双手直达心脏,感觉整个身心都暖了起来。

几分钟后,他又拿走手套,戴在自己手上,然后再悄悄地递给我。就

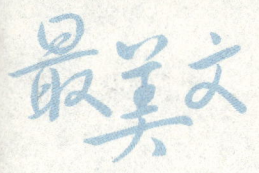

这样，那双带着他体温的手套反复地在我们之间传递，仿佛两只美丽的蝴蝶在我们之间翩翩起舞，见证了我们最纯洁的同学情谊。

四

后来，我们依旧不温不火地交往着，并没有因为他对我的关心而改变什么。但我和他明显多了一些默契，我能读懂他某个动作的含义，他也能从我一个不经意的眼神中了解我想要说的话。

他就像是我的一个"闺蜜"，在他面前，我可以想做什么就做什么，很放松，很自然，我很享受和他在一起的感觉。但遗憾的是，之后没多久，他就要转学了。

临走的时候，他约我到校园后面的小树林见面。我承认，我心里有一些不舍，毕竟我们做了那么长时间的同桌，毕竟我们都把对方当成了好朋友。但我知道，作为朋友，我不能挽留他，他应该有他的想法和追求，我所能做的就是理解他，支持他。

为了表示对他的尊重，也为了给我们年少的友谊来一次郑重的告别，在宿舍里，我认真地梳洗了一番，临走时看着镜子里红红的脸蛋，我不由地笑出了声。

走到小树林时，他正向我这边张望，看到我来，他立刻露出了笑容。我们沿着树林里的小河走了很久，说着一些无关重要的学习上的事情。我以为我会很伤感，很难过，但当我看到他干净的笑容时，我的心里只有满满的祝福，并打心眼里替他感到高兴。

他也是如此，我们像平常一样，谈笑风生，互相打趣对方。在听完他对未来详细的计划后，我真诚地对他说："你一定会实现你的愿望的，加油！"他点了点头，同样认真地对我说："你也要好好学习。"

我们同时伸出右手，清脆的击掌声在树林里回荡，似我们之间最纯洁的友谊，在青春的长河里延绵。后来，我们带着微笑，挥了挥手，各自走向了回宿舍的道路。

五

之后有一段时间，我总有一种怅然若失的感觉，心里空落落的。但很快，我就释然了。年少的生活是丰富多彩的，紧张的学习和同学的欢声笑语很快就取代了我的失落和不快。

是呀，青春的序曲里总会穿插着各种各样的音符，不管是轻松活泼的抑或是沉重低缓的，都会如一阵风，随着序曲的结束而消散于无形。只在记忆里留下淡淡的旋律以及那份浅浅的情思。

那双蹁跹着美丽蝴蝶的棉手套至今仍安放在我的抽屉里，每每看到，总会想起那段最纯洁最美丽的青春悸动。如果有机会，我真想亲口对曾经的同桌说一句：嗨，好久不见，你还好吗？

（原载《语文周报》2015 年第 3 期）

如果你曾有机会跟异性成为同桌，那你就是幸福的。在那个懵懂的年纪，关于爱情的幻想恐怕都是从同桌开始的。

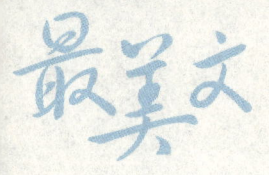

大师的慧眼

文/崔鹤同

恩德相结者,谓之知己;腹心相结者,谓之知心。

——明·冯梦龙

蔡元培聘请梁漱溟任北大教授时,梁漱溟只有24岁,北大的学生有些比他的年龄还大。1917年,梁漱溟报考北京大学没有考上,论学历他只是一位高中毕业生。但是,1916年,梁漱溟曾在《东方杂志》上发表《究元决疑论》一文,文章以近世西洋学说阐述印度佛家理论。

这篇文章发表后很快便引起蔡元培的高度重视,他认为梁的功底深厚,前途无量,甚为惋惜,说:"梁漱溟想当学生没有资格,就请他到北大来当教授吧!"蔡元培与当时的文科学长陈独秀商议,决定聘请梁漱溟来校主持印度哲学讲座。

梁漱溟对此却感到十分恐慌,他对蔡元培说:"我只不过初涉佛典,于此外的印度哲学实无所知。"蔡元培当即反问道:"那么你知道有谁能教印度哲学呢?"梁漱溟说不知道,蔡元培接着说:"我们亦没有寻到真能教印度哲学的人,横竖彼此都差不多,还是来吧!你当是来合作研究,来学习好了。"蔡元培这几句话打动了梁漱溟的心,最后梁答应到北大任教。

年纪轻轻的梁漱溟,于是便登上了这所全国最高学府的讲台,一站就是5年。在校期间,梁漱溟不仅很快胜任了教学工作,还写出了《中西文化及其哲学》等重要学术著作,轰动了中外哲学界。

1930年夏,闻一多应国立青岛大学校长杨振声之邀到青大主持文学院工作,臧克家也于当年报考青岛大学。当时入学考试中,国文出了两个题目,一为《你为什么投考青岛大学》,一为《杂感》,两题任选一道,但臧克家两题都做了。

他写的《杂感》只有三句话:人生永远追逐着幻光,但谁把幻光看作幻光,谁便沉入了无边的苦海!这三句杂感虽然短小却饱含哲理,闻一多对此极为欣赏,一向判分极严的他竟给了98分的高分,将数学考试吃了"鸭蛋"的臧克家破格录入了青大。

臧克家开始读的是外文系,后转到闻一多先生的国文系。臧克家非常珍惜自己这次来之不易的学习机会,他如饥似渴地学习。师生俩还时常在闻先生家中的书斋里吸着纸烟,喝着红茶,热烈地讨论诗作,浓郁的诗的气氛充满了斗室。

在闻先生的精心教导下,臧克家成为青大国文系最优秀的学生之一,很快就在《新月》《现代》等杂志上发表了《罪恶的黑手》《忧患》等作品,并于1933年出版了轰动一时的诗集《烙印》,成为诗坛上的一颗新星,最终成为中国当代杰出的诗坛大家。后来忆及于此,臧克家深情地说:"可以说没有闻一多先生,就没有我的今天。"

1930年秋天,顾颉刚在燕京大学讲《尚书研究》,他讲到《尧典》时认为其写作年代应在西汉武帝之后。论据是:《尧典》中提到虞舜时"肇十有二州",而所见先秦著作谈上古帝制,只有九分州。至汉武帝时置十三刺史部,其中十二部均以某州为名,从此始有十二州。因此《尧典》的写成年代当不会早于前。

顾颉刚的研究生谭其骧听后，却认为老师所举的十三部不是西汉制度，而是东汉制度。为了获得确切的理论根据，他查阅了《汉书》《后汉书》《晋书》等有关篇章，并把自己的看法写信告诉顾老师，而且还在课堂上直率地提出了自己的看法。

这引起顾颉刚的极大兴趣和重视，顾鼓励谭其骧将他的观点写出文章，他自己也写了一封六七千字的长信，然后将两大讨论信札以《尚书讲义》"丁种之三"的名义一起刻印发给全系师生。

顾颉刚还特地加了一个按语说："现在经过这样的辩论之后，不但汉武帝的十三州弄清楚了，就是王莽的十二州也弄清楚了，连带把虞舜的十二州也弄清楚了。对于这些时期中的分州制度，两千年来的学者再也没有像我们这样清楚了。"

从此，顾颉刚对谭其骧甚为器重，他请假期间，请谭其骧为其在燕京大学、北京大学代课，并负责编辑《禹贡》半月刊。当时商务印书馆邀请顾颉刚撰写《中国地理沿革史》一书，他也请谭其骧合作。在顾颉刚的关怀和帮助下，谭从此走上了学术之路，并且成为著名的历史地理学家，是我国历史地理学科的主要奠基人和开拓者之一。

顾颉刚给钱伟长也有很大的帮助。

1931年钱伟长报考清华大字，他的历史和国文成绩都是最好的。历史试题是陈寅恪先生出的，考《二十四史》中各史的作者、卷数等。这是一个怪题目，不少人考了零分，而钱伟长平日里早把此书背得很熟，竟然考了个满分。

国文题目叫《梦游清华园记》，题目出得也很新颖。除文字能力外，还想考学生们的想象能力。钱伟长没有到过清华园，但其文采斐然，竟然在45分钟内写了一篇450字的赋。文字精练，以至于出题的老师连一个字都无法修改，最后给了一个满分。

相比之下，钱伟长的其他四门功课，数、理、化、英文，一共才考了25分。

显然，钱伟长是以特长生被清华历史系录取的。就钱伟长的个人兴趣而言，他也是想学历史，尤其是古代史。

然而，就在钱伟长即将选课的时候，"九一八"事变发生，东北三省转瞬间被日本侵略者占领。这一噩耗使钱伟长一夜之间改变了想法。他认为，要救国必须首先学好科学。

他决心"弃文学理"，报效国家，于是将目标选定为清华物理系。可是，清华物理系非常难进，特别是钱伟长当时的数、理、化成绩，想进入简直是天方夜谭。

钱伟长求助于已在北京大学任教的叔父钱穆，但钱穆并不同意，说："我家一贯搞历史，我看你还是学历史好。"钱伟长见自己说服不了四叔，于是想到了顾颉刚，便拉着钱穆一起去找顾颉刚。

顾颉刚听了钱伟长的想法后，满口赞成。他对钱穆说："我们国家首先要站起来，站不起来受人欺，就是科学落后。青年人有志向学科学，我们应该支持。"钱穆听后，让步了。

然而还有一关更难过。物理系主任吴有训坚决不答应，说钱伟长的物理太差了，不好补；历史系主任陈寅恪则在到处打听钱伟长这个历史考满分的学生为何不来报到。

在这种情况下，钱穆、顾颉刚决定兵分两路：一路由钱穆去陈寅恪那里商量，另一路则由顾颉刚去找吴有训。顾颉刚非常诚恳地对吴有训说："一个青年有选择志向的权利，他愿意为国家、民族学科学。尽管有困难，但他愿意学，坚持要学，他就能克服困难。他的条件自己清楚，比别人学得晚，是很吃亏的。但他有坚定的志向，我们对年轻人的志向只能引导，不能堵。"这些话打动了吴有训。

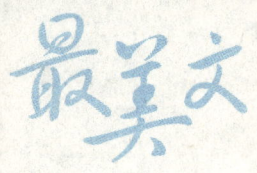

钱伟长本人也一天到晚找吴有训,表明自己的志向。一个星期后,吴有训终于同意让钱伟长先试读一年,一年后数理化成绩能达到70分,方可转为正式生。

一年后,钱伟长达到了吴有训的要求,而且从此走上理工研究之路,最后成为卓越的物理学家。

正是大师的慧眼,成就了大师。

（原载《思维与智慧》（上半月）2014年第11期）

每个人成功的因素是：三分靠努力,六分靠运气,一分靠贵人扶持。很显然除了自己努力以外,外界因素也是成功最主要的原因。有些人在恰当的时机遇见了自己的贵人,从而成功登顶；可是有些人,一辈子也不会遇见。愿你努力奋斗,尽早遇见你生命里的贵人。

遇见你

文 / 江北

我们结交朋友的方法,应该是给他人好处,而不是向他人索取。这种友谊最为可靠。

——修昔底斯

引子

"小周萌,我现在在波密县,一个坐落在西藏自治区东南部的边陲小县城。这里的秋天像一幅油画般,红黄蓝绿都生动活泼……"

高原的风轻轻擦过我耳畔,带着帕龙藏布河深沉的呼喊,带着冰川亘古不变的沉默气息,带着念青唐古拉山的诗人般的忧郁。我闭上眼睛,在大脑里一遍遍搜索关于这个小城的所有细微处的美丽,然后尽量用美的词汇将它们表述出来。我知道,有个叫周萌的女孩在等待倾听这片遥远的风景。

银灰色的录音笔已经跟随着我奔波三年了,它的外壳已经变得斑驳不堪,可是录音效果一直很好。

就像某些记忆,即使被时间反复洗刷、冲蚀,也依然鲜活、灿烂。

一

三年前,二十二岁的我大学毕业,在北京一家叫《遇见你》的旅行杂

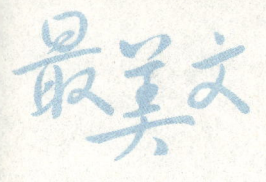

志做编辑。

也许是源于从小对旅行的向往,也许是受了三毛的作品的影响,我一心渴望着要用不断行走的方式来使我的生命变得饱满多姿。《遇见你》满足了我对未来的全部幻想,我对这份工作投入全部的热情和热爱,背着相机拿着地图到处去搜罗那些不为人知的美景。

北京是一座匆忙的城市,所有的人都停不下来,总有一股莫名的力量推着你在这座城市里横冲直撞。那些住在水泥森林里的人们需要一个安静的出口,需要对假期充满期待。《遇见你》就像一杯清新的茉莉花茶,总让人忍不住想要闭上眼睛,找寻片刻的宁静,所以这本杂志一直都卖得很好。

读者来信和来电是意料之中的事情,我随时做好了为他们解答疑难的准备。他们中的大多数都会问,某某景点最方便的乘车路线在哪儿,消费如何,有哪些特色,最适合什么季节去。

所以当电话里传来一个脆生生的女孩的声音时,我有一瞬间的愣神。

"你好!我叫周萌,我想找一下松幸。"并不十分标准的普通话,但听起来却那么悦耳。

"你好,周萌,我就是松幸。"我还不确定这是一个小姑娘还是一个与我一般年纪的女孩,因为她的声音与她说话的语气不是很相符。

"啊,你就是松幸啊!"她的声音里有掩藏不住的惊喜,"我看到你写的和顺了,还有你在和顺拍的照片,真好看!我很喜欢你呢,真的哦!"第一次被另一个女孩这样直白地夸奖,我有些受宠若惊。

我猜想着电话那头的她有多么阳光明媚,一定像我窗前的风铃花一般,有风一吹就摇曳起来的笑容,或许,还有两个小酒窝。我压抑着我心里的欢喜,颤抖着声音对她说"谢谢"。对于刚参加工作不久的我来说,这样的赞美是对我莫大的肯定。

"和顺在云南对吗?我还从来没去过云南呢,也不知道以后有没有机会去。"她兀自说着,声音里有些许忧伤,旋即她又快乐起来,"不过看了你拍的照片,我觉得我已经去过一次了哦!"

"你以后一定有机会去的,我相信。"我尝试着给她信心,说不清为什么,她的快乐里似乎带着惆怅。

"松幸,不打扰你了哦!我要去晒太阳啦!"她挂断电话的时候我甚至能闻到阳光的味道,我抬头看着窗外北京的天空,竟然如此蔚蓝。

二

这份工作并没有我想象中的那么简单,常常会遇到各种各样的问题,我甚至想过放弃,"梦想"似乎越来越代表奢侈而遥不可及。

又一次因为选题没有亮点而被主编训了一顿,下班后所有的人都走光了,我一个人趴在电脑前,哭了出来。大城市的嘈杂喧嚣,想家的孤独,离开朋友的不知所措,工作的不顺心,一下子像开了闸的洪水般汹涌而来。

就在这个时候,桌上的电话响了起来。已经是下班时间了,原本是可以不接的,可是我还是鬼使神差般地接了起来,刚说出一个"喂"字,那边就传来了欢乐明亮的声音:"是松幸吗?我还以为现在打过去没人接,原来你还在,真好!"是周萌,我几乎能感受到她小小的期待得到满足后的幸福。

"是呢,我还在,也许是在等你哦。"我和她开玩笑道,尽量使自己的声音听起来平静。

"松幸,你有时间了来我的家乡看看哦,我的家乡叫宁南,非常美呢!一定不会让你失望的!"

"宁南,宁静之南的意思吗?听起来就很美呢。"

"对啊对啊,我家门前有一条清澈见底的小河,游动的小鱼在太阳底下就像闪闪发光的珍珠项链一样。河岸边一到春天就开满了蓝色的鸢尾花和

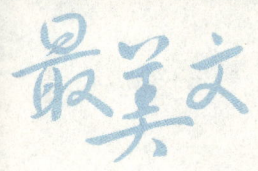

白色的风铃花,所以我常常觉得春天的小河都穿上了漂亮的花裙子,它的花裙子还是会随风飘动呢……"那些句子从她的嘴里说出来,经过无数电流的传播,到达我的脑海时已经变成了一幅美丽的画卷。

我几乎不敢相信,一个十二岁的女孩能将自己的故乡描述得这样美丽和吸引人,她所生活的地方一定美得如诗如画吧。

电话那头的周萌让我想起了我的故乡,一座南方小城,有曲曲弯弯的河流,镂空雕花的石拱桥,久经年月的青石板路,苍翠欲滴的竹林,还有我的老祖母。只是后来我来北方上大学,就很少回家了,所以那些水墨般氤氲在内心深处的记忆,竟有一天变得模糊起来。

而此刻,我少时的记忆似乎被周萌开启了一般,又一点一滴地变得清晰,变得轮廓分明了。我在电话里承诺她:"我一定会来宁南的,以后你就可以在《遇见你》上看到你的故乡了哦。"我甚至开始幻想她在杂志上看到自己的故乡时会绽开怎样明媚的笑容。

周萌兴奋起来:"松幸,你等我哦,我要给你写信,我会告诉你我们这里的地址。我还要给你画一张我们这里的地图,我在中国地图上没有找到宁南,你拿着我画的地图就可以找到宁南了。"

我被她逗得笑了起来,心里的阴霾一点一点地散开了,还多了一份期待,我开始期待她的来信。我已经在心里默默当她是朋友了,一个小我十岁的朋友。周萌从未叫过我松幸姐姐,也许在她的意识里,我也是她的朋友吧。

我被自己的想法弄得快乐又甜蜜,心里像打翻了一罐温柔般,柔软而温暖。

我仿佛又回到了少女时代,对友谊小心翼翼地渴望又期待,那是一种阳光和季节被揉碎了的复杂情绪,摇曳不安;又像是一船满载的月光,漂浮在时光的河流上,伸手可及,心里却又总是不安定,怕握到的是虚无。

原来那个敏感的少女从未长大过。我在心里对自己这样说,不知道是安慰还是苦涩的批评。

三

一个月后，我果然收到了周萌的信。

简单的白色信封，娟秀的字迹像刀刻的一般。周萌真的给我寄了一张她手绘的地图，画得并不好，很多地方我没有看懂。可是我知道她是很用心画的，画得那么细致，河流、道路和山都用不同颜色的线表示。我看着那张并不精致的地图，竟然有想哭的冲动。

周萌在信里告诉我，她的爸爸和妈妈都是很伟大的人，他们种了金灿灿的稻谷和麦子。她还告诉我她的爸爸喜欢抽旱烟，妈妈喜欢晚上守在电视机前看电视剧，奶奶总是搬张小凳子坐在院子里给她讲故事。

周萌的信写得很长，整整写满了四页纸，写的都是些琐碎的事情，可是我读得并不乏味。

这个女孩让我觉得，世界的每一处都存在美丽，只要我愿意驻足欣赏。

我把周萌的信收藏在我长期随身携带的笔记本里，那一期杂志的选题会上，我报了宁南。毫无意外的，主编又当众批评了我，"松幸，这是工作，由不得你任性的。宁南是一个没有任何特色的小县城，你打算去拍什么，写什么？"

我在同事们异样的目光里倔强地坚持着，我知道现在这份摆在主编面前的选题表真的毫无特色，可是我相信，这座小县城一定有不为人知的美丽。我耳边又响起了周萌诗句般的描述。

最后在我的坚持下，主编摆了摆手说："好吧，你去吧，希望你能带给我们惊喜。"

三个小时的飞机，六个小时的火车，两个小时的汽车，一路颠簸辗转，我终于在天还没完全黑下来之前赶到了那个叫宁南的小县城。

从破旧的短途汽车上走下来的瞬间，我不知道该要如何形容我的失望。这是一个毫无特色的荒凉的小镇，狭窄的土疙瘩马路上尘土飞扬，超载的三轮车颤抖着身子与我擦肩而过，车上衣着破旧的人们摇摇欲坠。赶着牛羊晚归的农人用看外星人般的目光打量着我，我窘迫得不知所错。

我开始怀疑我是不是找错了地方，这里真的是周萌所描述的那个美丽的小镇吗？

那天晚上，我躺在陌生小镇简陋的旅馆里，怎么也睡不着，心里似乎塞了一团东西，不软不硬，但仍硌得难受。仿佛一个成年人一下子掉进了一个孩子的陷阱，毫无防备的，可笑而荒唐。

四

第二天我仍不死心地把小镇走了一遍，努力想要找到一点可以进入镜头的景致。

然而，我失败了。我没有找到周萌给我讲的那条穿着花裙子的河流，没有找到翘屋檐的竹楼，也没有找到古老曲折的井字街……就像一下子从一个热闹的梦境里醒来了一般，我的心里空落落的。

也许，根本没有周萌！我被自己荒诞的想法吓了一跳。

那天下午，我转到了小镇学校，已经多处掉漆的"宁南小学"的牌子又把我拉回到了现实里。操场上有一群孩子追着一只篮球跑，他们黑里透红的脸上挂着晶莹的汗珠，挂着纯真无邪的笑容。那是我很久未见过的笑容，我原本失望的心一下子柔软下来了。

宁南小学的一位老师告诉我，的确是有一位叫周萌的女孩，但是她已经退学了。

"为什么？"我的心紧了一下。

"小萌是个好孩子啊，她家住得远，上学要经过一条河。今年开春的时候连续下了半个月的雨，河水涨过了岸，她上学时不小心掉进了水里。抢救及时才保住了一条命，但是医生说她的视力会越来越差，以后可能会看不见……"那位老师说着说着就抹起了眼泪。

我心里突然漫过了一片潮湿的海洋，耳畔还回响着周萌快乐明亮的声音，像叮咚的泉水，澄澈动人。我无法相信这样一个女孩会看不见，她明明在给我讲那些美丽的风景，她明明描述得清晰具体……

我要了周萌家的地址，赶到时太阳已经挂在山腰了，周萌家的小院笼罩在在夕阳的余晖里，简陋却温馨。她家门前的确有一条小河，这个时节没有花开，但真的是清澈见底。

坐在院子里的红衣女孩眼神空洞，她正在给奶奶讲前童古镇，"奶奶，松幸告诉我那个地方有很多小吃哦，还有最好看的木雕花轿呢。每年元宵节的时候，前童还会有灯会，像电视里演的一样，可热闹了。松幸去过好多地方，我特别羡慕她……"

"萌萌，等你以后治好了眼睛也可以去那些地方呢。"奶奶正在洗衣服，有一搭没一搭地和她聊着。

"奶奶，方医生说了，我的眼睛好不了了，可是我不怕呢，因为我脑袋里记住了好多好多美丽的风景。松幸说了，很少有人知道前童古镇，你看，别人不知道的我都知道了。"

"萌萌记性好，松幸以后还会给你讲的。"

"奶奶，不会了，松幸一次都没有给我打过电话，也许她很忙吧。我以后看不见了，也不用石头哥哥给我寄杂志了，你帮我给石头哥哥说一声喔。"周萌说得那样平静，我难以想象这个女孩只有十二岁，她用一种我所无法想象的坚强在接受命运的宣判。

我站在院门口，偷偷看着院子里的祖孙俩，眼泪夺眶而出，不敢踏进去半步。

太阳已经落到山下了，只留下一道金色的光芒，并不强烈，却刺得我的眼睛生疼。

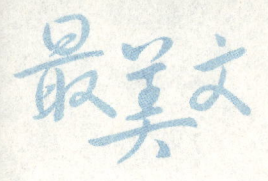

后记

　　我默默地回了北京,记忆里从此驻扎了一个叫宁安的小镇,和一个叫周萌的女孩。

　　我开始学会记录,学会倾听,学会表达,学会放慢脚步感受这个世界的美,甚至学会了在平淡无奇的生活里寻找美的姿态。我买了录音笔随身携带,我录下了风穿过树林的声音、鸟雀歌唱的声音、浪花拍打海岸的声音、城市夜晚偶尔呼啸而过的汽车的声音……

　　我会一个人对着录音笔讲述我所经过的城市、小镇、乡村……

　　然后刻成碟,寄给周萌。

　　我知道所有的声音在周萌的世界里都会变得具体而清晰,她会把这些声音还原成美丽的画卷,刻在她脑海里。

　　那一期我发在《遇见你》上的稿子写的是一个叫小萌的女孩,她给自己的心开了一扇明亮的窗,看见了别人看不见的世界。

(原载《考试报》2015年第22期)

　　友谊必须述说、友谊必须倾听、友谊需要滋养、友谊需要灌溉。友情这棵树上只结一个果子,叫做信任。它是人间的宝藏,需要我们珍爱。

母亲来看我

文 / 李娜

我很幸运有爱我的母亲。

——贝多芬

挂了电话，母亲说她在门口的大杨树后等我。我从二楼的窗户看去，母亲穿着我买给她的红大衣，那是五年前送她的新年礼物，之后每次来看我，她都穿着它。

母亲局促不安地站在树后，不时用手拍平衣服上的褶皱，下意识地把鬓角的头发别到耳后，趁没人注意擦擦眼角嘴角。她一直重复着这些动作。

窗外的杨树沙沙响，风过杨花漫天，顽皮地钻进母亲的发间。我向同事摆摆手说母亲来了，便朝楼下走去。母亲老了，即使隔得那么远，我也能看见她鬓角的雪白，那不是杨花。

几十年，我长大，母亲老去。

我们找个没人的地方说话吧！母亲小声嘟囔道，生怕一个响动就惊飞了站在她眼前的我。你的行李呢？我问，没有动，她憋红着脸说她把行李寄放在我家楼下的商店了。

我知道她是不想因为夹带大包小包站在单位门口而让我窘迫！母亲说带了新制的腌菜、乳腐、干洋芋片、火腿，还有我女儿爱吃的小柿子，这

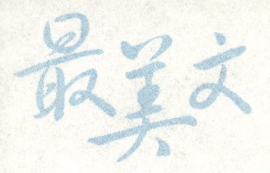

些都是洗得干干净净戴着手套做的,保证卫生,外孙女吃了不会生病。她信誓旦旦絮絮叨叨。

妈,路太远多难拿……我忍不住打断了她用喋喋不休来伪装着的慌乱。从什么时候开始,母亲变得这么脆弱敏感?

隔着树上落下的杨花,母亲的样子突然变了,乌黑的发,明亮的眼,而我手上推着自行车,恍然站在初中校门口。她说给我带了白米饭拌猪油,还有腌菜,去路边坐着趁热吃吧,不用骑一个小时自行车回家啦。

她眉眼弯弯,手上捧着饭盒,脚边的塑料袋里还有几个不规则的黑苹果,她热切的眼神就像全世界只有我。可我还没来得及反应,周围同学已经起哄着大笑起来,他们在笑母亲和我。我像个人赃俱获的小偷,又羞又恼,紧接着我蹬上自行车,目视前方装作不认识眼前的她,骑着车远远逃开。

从那时起,母亲再没去过我就读的任何一座学校,可她爱我依旧。她的乌发慢慢变白,眼神慢慢浑浊,习惯了看不清周围的人和事,我知道她无所谓,但她却怕有我的世界。

走吧,待会儿被你同事看见不好,她悄悄说道,又抹了抹发丝,把鬓角的头发往耳后别。

妈,我不在乎。我吸着气轻轻地说,不敢太用力,我害怕喉咙里的干涩被她察觉,就像她极力掩饰的不安一样。

但我心里慢慢升腾起一阵呐喊:妈,我不在乎你带来了什么,我在乎你被病痛折磨的身子是如何拿上这些东西,早早站在村边路口,等着一天只来一次的农村客运,挤过汹涌的人群和冰冷的城市来到我面前。我不在乎你身上的衣服是否平展,不在乎你蓬头垢面,不金贵你外孙女……我,只在乎你。

别愣着,快走啊,我下午还得回去。她着急地瞟着我身后,汽车声人流声渐渐响起,因为下班了。

妈,别急,我给你把头上的杨花拿下来。我温声细语,借机站到她身侧,再也控制不住的泪被我抹进袖口。

妈,今天不要回去了,以后和我住吧,我想你,很想很想。

都当妈的人了,还跟孩子似的,家里还有庄稼……母亲眼里明明有光闪过,却一瞬压下。

别种地了,你一个人太辛苦孤单,妈……我真的想你。

母亲没说话,我看见她眼里慢慢氤起水雾,她努力眨着眼不让眼泪掉出来。

旁边有人问我她是谁,我大声说她是我妈,今天特地来看我。我笑着跟每一个路过我们的人打招呼,紧紧拉住她的手,她脸红彤彤的,扬着笑温和地看着路过的同事,像和我一起接受一场检阅。手心的热交缠着,我问她,妈,猜猜这次我给你准备了什么礼物?

(原载《语文报》2015年第23期)

母爱是人类情绪中最美丽的,因为这种情绪没有任何利益之心掺杂其间。世界上一切其他都是假的、空的,唯有母亲才是真的、永恒的、不灭的。